엄마처럼
친구처럼

엄마처럼 친구처럼

초판 1쇄 인쇄 | 2015년 12월 23일
초판 1쇄 발행 | 2015년 12월 30일

지은이 | 엄윤상

펴낸이 | 박서
펴낸곳 | 생각너머
디자인 | 박영정

종이 | 상산페이퍼
인쇄제본 | 미르인쇄
배본 | 손수레
등록번호 | 제313-2012- 191호 등록일자 | 2012년 3월 19일
주소 | 서울 마포구 연남동 568-39 칼라빌딩 402호
전화 | 070-4706-1382 팩스 | 02-6499- 1383

ISBN | 978-89-98440-13-8 (03810)

엄윤상 변호사의 희망찾기

엄마처럼 친구처럼

엄윤상 지음

생각너머

엄윤상 4변호사의 희망찾기

추천사

엄윤상. 그를 대하면 늘 마음이 편해진다. 법을 다루는 변호사이지만 날카로운 논리보다 인간적인 따듯함이 가득하기 때문이다. 그래서 그의 주변에는 사람들이 넘친다. 그는 누구나 가리지 않고 차별 없이 어떤 조건도 없이 받아들이고 대화를 나눈다. 그는 머리로 사는 사람이 아니라 가슴으로 살아가기 때문이다. 그래서 그는 정말 당당하다.

엄윤상. 그는 김대중 대통령과 노무현 대통령을 몸으로 존경하고 사랑했다. 그것은 이 두 분이야말로 민주주의 그 자체이며 사회정의와 화합과 평화 그 자체였기 때문이다. 그래서 그는 이 두 분이 이루었던 정치를 이 땅에서 이룩하기를 염원해왔다. 이 두 분으로부터 정치가 변하지 않으면 결국 사회도 변화할 수 없다는 굳은 신념을 이어 받았다. 그래서 그는 정말 믿음직스럽다.

엄윤상. 나는 경기도교육감이 되면서 거침없이 제일 먼저 그를 경기도교육청 고문변호사로 초빙하였다. 그를 초빙한 이유는 그가 꿈꾸는 미래사회가 경기도의 청소년들 속에서 이루어지기를 원했기 때문이다. 그는 오늘의 상황에 머무르지 않고 우리가 함께 만들어 가야할 새로운 세계를 꿈꾸어 왔다. 그는 꿈을 현실로 만들기 위하여 꾸준히 도전하고 노력한다. 그래서 그는 정말 거침이 없다.

엄윤상. 그는 남들과 비교할 수 없는 멋과 흥을 가진 사람이다. 그의 외모가 멋지고 그의 모습이 흥으로 가득하기 때문이 아니다. 그는 멋과 흥으로 삶을 이어왔기 때문이다. 그가 생각하는 멋은 인간에 대한 깊은 사랑이며 그가 만드는 흥은 이웃과의 화해와 화합이다. 그래서 그와 함께 있으면 언제나 즐겁다. 그래서 그는 정말 멋진 사나이다.

나는 엄윤상에게서 우리의 미래를 바라본다. 그의 반듯한 외모처럼 빛나는 반듯한 삶이 우리의 미래를 바꾸어 낼 수 있다는 믿음을 주기 때문이다. 그의 꿈과 뜻이 이루어지는 날 우리 사회는 정말 새로운 사회로 변화될 것이다.

경기도교육감 이재정(전 통일부장관)

추천사

정상에 오르고자 한다면 먼저 걷는 일부터 시작해야 한다. 쳐다보기만 해서는 절대로 산 정상에 오를 수가 없다. 산꼭대기에 이르고 싶은데 언제까지 그냥 바라보고만 있을 것인가. 바로 행동으로 옮겨야한다. 주저하고 머뭇거려서는 안 된다. 실천은 반드시 열매를 맺는다.

어떻게 살 것인가?

나는 무엇인가? 나는 누구인가?

어떻게 살아야 의미 있는 삶을 사는 것일까?

지금 나는 무슨 거창하게 화두를 던지는 게 아니다. 세상의 변화를 누구보다 예민하게 감지하면서 한걸음 앞서 이 시대와 삶의 과제를 항상 고민하며 행동으로 실천한 이 사람. '자기다움'이 뭔가를 알고 몸소 실천하는 그의 희망을 말하고 싶을 뿐이다. 그는 희망을 잃어버린 이 시대에 희망 찾기의 여정을 시작하려고 한다. 그를 알면 알수록 따뜻한 마음이 느껴진다.

유시민(전 보건복지부 장관)

추천사

인생에 진정 성공한 사람은 누구일까요? 물론 부귀공명을 누리는 사람이 아니라는 것은 상식이겠지요?

"저 사람이 우리와 함께 살고 있어서 그래도 살맛나는 세상이다. 저 사람이 내 이웃이라는 것이 참으로 기분이 좋다." 하는 말이 자연스럽게 나올 수 있는 사람, 그래서 이웃에게 희망을 주는 사람, 이웃을 행복하게 하는 사람이 진정 성공한 사람이다.

어제 했던 말도 오늘 "그런 말을 하지 않았다, 그런 취지가 아니었다, 일부 그런 의견이 있었다" 라고 표정 하나 바꾸지 않고서 한 입으로 두 말 하는 그런 사람은 임명직이든 선출직이든 우리 사회에서 용인되어서는 안 된다. 그런데 자기가 한 말에, 한 일에 책임지지 않는 몰염치한 세태가 직위의 고하를 막론하고 너무 일상화되어 버린 오늘의 현실이 안타깝고, 기성세대의 한 사람으로서 2세, 3세들에게 볼 낯이 없다.

그럼에도 우리에게 희망을 이야기하고 그 이야기가 진솔하게 들리는 사람도 있다. 지난 2004년 사법연수원 교수시절부터 지금까지 한결같은 모습을 본다. 그래서 아직 우리에겐 희망이 있다. 앞으로 우리 젊은이들과 함께 나누어야 할 이야기가 그에겐 아직 많다.

그는 혼탁한 세상에서도 '희망의 씨앗'을 발견하고 키워 나가고 있다. 그가 소망하는 일들이 잘 이루어지고, 그리하여 평범한 삶을 살아가는 서민들에게 '희망의 서광'이 더욱 커져 가기를 빈다.

저자를 제자로 삼아서 즐거웠던,

이건리 변호사

들어가는 이야기

'우리 사회에 희망은 남아있는가!'

'남아있다면 그 희망은 어디에 있는가!'

지난 몇 년 동안 지속적으로 고민하고 또 고민하던 주제다.

우리 사회는 혼자서도 잘 굴러가는 것처럼 호도되고 있고, 우리는 그저 우리 자신의 희망, 성공에만 신경 쓰면 될 것 같은 분위기가 팽배해 있다. 어쩌면 나 자신을 위해 최선을 다하는 것이 곧 사회를 위해서도 최선일 수 있다.

그렇다면 나 자신을 위해서 최선을 다하는 방법은 어떤 것이 있을까? 수많은 자기계발서들이 성공에 이르는 길을 일러주고 있다.

'성공은 우리 자신에게 달려 있다', '포기하지 않는 한 불가능은 없다', '자신의 가능성을 믿으라'라며 주문을 외운다. 그리고는 구체적으로 성공에 이르는 방법들을 제시한다. '아침형 인간이 되어라', '중요한 일을 먼저 하라' 등등 ….

그런데, 이런 책들이 이야기해주는 대로 하면 성공할 수 있을까? 그렇게 되지 않는다는 사실, 성공은 극소수의 전유물임을 우리 모두는 너무나 자명하게 알고 있다.

결국, 희망, 성공 같은 가치는 개인의 문제이면서 '사회'의 문제이다. 우리가 '사회'의 문제들을 해결해야 하는 이유이다.

정신없이 하루하루를 보내면서 우리는 어느 순간부터 사회에 대해서는 이야기를 그만하기로 약속한 것 같다. 하지만 우리가 사회에 대해 얼마만큼 생각하고 이야기하는가와 상관없이, 사회는 우리의 삶에 끊임없이 끼어들고 막대한 영향을 미친다.

나의 삶과 내가 속해 있는 사회는 서로 구분하기조차 어려울 정도로 끊임없이 겹치고 얽혀 있다. 그러므로 나의 성공, 희망을 고민하기 전에 우리 '사회'의 희망, 성공을 먼저 고민해야 한다.

이 책에는 개인의 이야기도 있고 사회의 이야기도 있다. 또한 희망의 이야기도 있고 절망의 이야기도 있다. 나와 사회의 혼돈 속에서 희망의 실마리를 찾기 위해 노력했다.

나와 우리 사회의 희망을 찾아 떠나는 여행에 많은 분들이 음으로 양으로 도움을 주셨다. 앞으로 '엄마처럼, 친구처럼' 여러분 곁에서 희망지기가 돼 드릴 것을 약속하면서 감사의 인사에 갈음한다.

"함께 하면, 희망은 있다!"

추천사 • 5
들어가는 이야기 • 13

이력과 실력 • 21

리더의 조건 • 27

시간을 낭비한 죄 • 35

사주팔자 • 41

현대판 '신진사대부'는 나타날 것인가 • 47

일기일회(一期一會) • 53

성공의 조건 • 59

아버지의 눈물 • 67

사람의 가치 • 73

죄와 벌, 그리고 참회 • 79

스스로 폭풍이 되자 • 83

꿈의 공유 • 89

누가 강한 사람인가 • 93

한번 엎지른 물 • 99

지켜야 할 공동체의 가치 • 103

어느 전과자에 대한 기억 • 107

도전하지 않는 위험성 • 113

벌거벗은 임금님 • 119

늙어간다는 것은 • 125

이명환 선생님을 기억하며 • 129

친구 • 133

내 마음속의 원 지우기 • 139

50 즈음에 • 145

관상 • 151

공포 • 157

국정교과서, 무엇이 문제인가 • 163

평범한 부부 이야기 • 171

멀리 떠난 친구에게 • 175

아들과 아버지 • 181

평화는 노력 없이 오지 않는다 • 187

실패를 대하는 태도 • 191

어떤 경쟁을 해야 하나 • 197

말과 사고를 허용하지 않는 악의 평범성 • 203

무성한 숲을 이루어낼,

희망을 간직한 알맹이 찾기 • 211

엄윤상 변호사가 살아온 이야기 • 217

희망 찾기 1

이력과 실력

나이 31세, 경력 트럭 운전수, 학력 대학교 중퇴, 학창시절 왕따. 하지만 이력서에는 적혀있지 않은 그의 또 다른 모습은 영화광, 놀라운 상상력, 풍부한 예술적 감각.

그런 그가 가지고 있던 꿈은 영화감독. 서른이 넘은 나이에 취직한 작은 영화제작소에서 온갖 잡일을 하며 틈틈이 완성한 시나리오가 팔린 가격은 단돈 1달러. 그리고 그가 요구한 단 하나의 조건은 그 영화의 감독. 그렇게 만들어진 영화가 '터미네이터(Terminator)'. 그 후 그가 만들어 낸 작품들 '에일리언(Alien)', '타이타닉(Titanic)', '아바타(Avatar)' 등.

'제임스 카메론'의 이야기다.

그녀의 손은 투박하다. 30여 년 동안 가위를 잡은 탓이다. 가난한 집안의 둘째 딸로 태어난 그녀는 야간 여상을 다니던 때부터 가위를 잡기 시작했다. 미용 기술은 그녀가 원해서 배우기 시작한 것은 아니다. 당장 가난에서 벗어나고 싶은 마음에 마지못해 시작했다.

그러나 미용 기술을 배우기 시작한지 몇 개월 만에 미용 자격증을 취득할 만큼 그녀는 그 쪽 방면에 재능이 있었다. 전북 최고의 미용디자이너가 되겠다는 꿈도 갖게 되었다. 요즘 논란이 되고 있는 소위 '열정페이'를 받으며 12년 동안 기술을 습득하고 연마했다.

1996년, 그녀는 당당하고 자신 있게 그녀의 이름을 전면에 내세운 미용실을 열었다. 그리고 지금 그녀는 12명의 직원들을 이끌고 있는 대표원장으로 우뚝 섰다.

"처음 가졌던 꿈은 이룬 것 같아요. 이제는 더 큰 꿈을 꾸게 되었어요. 기능장을 넘어 명장이 되어서 미용인의 사회적 위상을 높이고 싶어요."

'김현 미장' 김현 대표원장 이야기다.

우리는 종종 미래의 가능성을

단순히 지금 내 이력에서 적을 수 있는 것들로

판단하곤 한다.

하지만 당신의 이력서가 지금 비어있다고 해서

당신의 미래까지 비어있는 것은 아니다.

천천히 한걸음씩 자신의 꿈을 향해

준비해가는 것이 중요하다.

그러는 어느 날 당신은

세상의 주인공이 되어 있을 것이다.

제임스 카메론 감독은

훗날 아카데미상 수상대에서

이렇게 외쳤다.

"I'm the king of the world!"

희망 찾기 2

리더의 조건

우리 몸의 모든 조직은 필요하지 않은 부분이 없고 각자에게 맡겨진 역할이 있지만, 제일 중요한 부분은 아마도 뇌일 것이다. 오늘날 과학의 발달로 몸의 많은 부분이 대체 가능해지고 있지만 아직도 뇌를 대체할 수는 없고 앞으로도 오랫동안 그럴 것이다.

이토록 중요한 뇌는 놀라울 정도로 부드럽다. 뇌가 굳어서 딱딱하게 된다는 것은 결국 그 수명이 다했다는 것을 의미한다. 부드러운 뇌는 발전만이 아니라 생존 자체를 위해서도 반드시 필요한 것이다.

한 사회의 리더는

그 사회가 나아갈 방향을 정해주고

중요한 결정을 내린다는 점에서

그 사회의 뇌와 같은 역할을 한다.

리더가 부드러울수록 새로운 정보와 생각을

잘 흡수하여 이를 바탕으로 정확한 판단을 하고

사회를 올바른 방향으로 이끌어 갈 수 있다.

리더가 딱딱하게 굳어있을수록

그 사회는 잘못된 방향으로 가고

결국에는 소멸의 길을 걷게 될 것이다.

노자는 '도덕경'에서 이렇게 말했다.

"약한 것은 강한 것에 이기고,

부드러운 것은 굳센 것을 이긴다는 것을

천하에 알지 못하는 사람이 없지만

능히 이를 행하지는 못한다."

사람도 태어날 때에는 부드럽고 약하나 그 죽음에 이르러서는 굳고 강해진다. 풀과 나무도 생겨날 때에는 부드럽고 연하지만 그 죽음에 이르러서는 마르고 굳어진다. 그러므로 굳고 강한 것은 죽음의 무리이고 부드럽고 약한 것은 삶의 무리이다.

리더는 부드러움을 행할 수 있어야 한다.

성스러울 성(聖)자는 그 옛날에 임금의 존칭으로 쓰였다. 현대적으로는 리더의 의미라고 볼 수 있다. 이 글자는 '耳'자, '口'자, '王'자가 합해진 글자다. 그런데 이 '聖'자의 뜻이 참으로 깊다. '耳'자를 먼저 쓰고 '口'자를 나중에 쓰는 것은 우연한 일이 아니다. 듣는 것을 먼저하고, 말 하는 것을 나중에 하라는 깊은 뜻이 있다.

'聖人'은 먼저 남 이야기와 역사의 소리와, 진리의 소리를 조용히 듣는다. 모두 듣고 난 후에 입을 열어 말씀을 한다. 듣고 말씀하는데 가장 뛰어난 존재가 바로 '聖人'이다.

남의 이야기를 바로 듣고 깊이 이해하려면,
많은 지혜와 체험과 사색이 필요하다.
지혜와 체험과 사색이 부족한 사람은
피상적으로 듣고, 느낄 뿐이다.
귀가 있다고 들리는 것은 아니다.
들을 줄 아는 귀를 갖고 있어야 들린다.
리더는 듣기를 먼저 할 수 있어야 한다.

그리고

리더는 한 없이 내려갈 수 있어야 한다.

내려간다는 것은 쉬운 일이 아니다.

어떤 때는 죽는 것만큼이나 어려울 때도 있다.

그러나 '내려가기'는

세상 사람들이 리더에게 요구하는

가장 큰 덕목이다.

내려갈 수 있다면 그것은 이미 올라간 것이다. 아니, 내려가는 것이 바로 올라가는 것이다. 비우고 내려놓으면서 자신의 잣대를 아는 이, 부단히 비우고 내려놓으면서 자신을 포기하지 않는 이, 끊임없이 비우고 내려놓으면서 항상 잠자는 영혼을 일으켜 세우는 이, 이렇게 내려갈 수 있는 사람은 이미 리더이다.

리더는 아무나 할 수 있는 일이 아니다. 아무나 해서도 안 된다. 리더는 한 조직의, 한 사회의, 한 국가의, 더 나아가서는 지구촌의 운명을 좌우할 수도 있기 때문이다.

희망찾기 3

시간을 낭비한 죄

1986년 3월은 추웠다. 꽃샘추위 때문이기도 했지만, 군사정부의 학생탄압이 최고조에 이른 때문이기도 했다. 그 추운 봄에 매콤하게 코를 찌르는 최루탄 냄새를 맡으며 대학에 첫발을 디뎠다.

1993년 2월도 추웠다. 학사경고를 세 번씩이나 받으며 아홉 학기 만에 간신히 졸업장을 쥐고 교문을 나서게 되었으나, 앞길이 막막했기 때문이다. 민주화운동과 노동운동을 했다. 그렇다고 해서 그것이 '나의 길 잃음'의 변명이 되는 것은 아니다.

시간을 낭비한 대가는 혹독했다. 사회에 의미 있는 일을 하고자 하였으나 받아주는 곳도 없었고, 어떤 일을 해야 사회에 의미 있는 일이 될 것인지에 대한 준비가 전혀 없었다. 방황과 고민 속에서 20대 후반을 보냈다.

인생의 전환점은 결혼과 함께 시작되었다. 낭비한 시간을 되돌릴 수는 없지만, 앞으로 그 시간만큼 더 열심히 살기로 결심했다. 방황 속에 흘려보낸 20대는 그나마 '법에 대해 모르고서는 사회에 의미 있는 일을 할 수 없다'는 깨달음을 주었다. 그리고 사법시험에 도전해 보기로 했다.

사법시험은 만만한 시험이 아니었다. 또한 어설픈 문학도의 감수성도 시험에 도움이 되지 못했다. 소위 '리걸 마인드'를 갖추기 위해 몇 년 동안 초등학생이 한글 배우듯이 법률서적을 읽어야 했다. 그렇게 대학 재학 시절 하지 못한 공부를 7년 동안 했다.

아들의 초등학교 입학이 임박한 2003년 겨울에 아들과 함께 떠난 지리산에서 합격 소식을 받았다. 전화기 너머 아내의 눈물을 머금은 목소리를 들으며 아들을 꼭 안았다. 낙방할 때마다 속으로 눈물을 삼키며 겉으로는 더욱 명랑하고 씩씩하게 아무렇지 않다는 듯이 믿고 기다려준 아내다.

그 해 겨울은 따뜻했다. 지금도 그 때를 생각하면 가슴이 벅차오른다.

캠퍼스를 방황하며 키운 인문학적 감수성은 사법시험 통과에는 별다른 도움이 되지 못했지만, 변호사 업무를 하면서는 큰 도움을 받았다. 변호사는 직업의 특성상 어려움에 처해있는 많은 사람들을 만나게 된다. 대부분의 경우 진심으로 들어주고 공감해주면 손쉽게 해결된다. 그 사람들에게는 딱딱한 법률문구 보다는 내편이 되어줄 누군가가 필요하다. 이것은 공감능력이 없으면 어려운 일이다.

황혼 이혼을 하고 싶어 찾아온 할머니가 평생에 걸친 한을 풀어내는 하소연을 몇 시간 동안 계속 듣고 있다고 생각해보라. 할머니에게 이혼사유가 있고 없고 위자료는 어떻고 재산분할은 어떻고 해봐야 아무 소용없다. 할머니가 원하는 것은 할아버지로부터 떠나는 마음을 누군가가 잡아주기를 바라는 경우가 대부분이기 때문이다. 진심으로 공감하며 잘 들어드리면 울고 원망하고 측은해 하면서 평생에 걸쳐 쌓인 한이 어느 정도 누그러지게 된다. 그렇게 인연을 맺은 분들은 당장에는 사건 수임으로 연결 되지 않지만 길게는 평생 고객이 된다. 인간적 감수성이 내게는 있다.

그렇게 12년이 흘렀다. 지난 12년 동안 하루를 48시간으로 살았고 지금도 마찬가지다. 13명의 변호사와 8명의 사무직원을 태운 배의 선장으로서 좌초하지 않고 더 큰 바다를 향해 나아가기 위해서, 그리고 나와 우리가 꿈꾸는 정의로운 사회 구현에 기여하기 위해서는 낭비할 시간이 없다. 이것이 젊어서 시간을 낭비한 죄를 씻으라는 운명이라 생각한다.

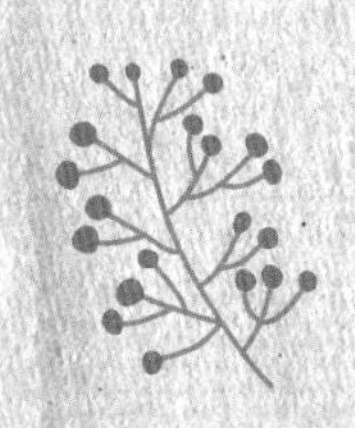

희망 찾기 4

사주팔자

30년 가까이 사주명리학을 공부하면서 철학원을 운영하는 친구가 있다. 가끔 만나서 커피 한 잔 하며 이런 저런 세상사는 이야기를 나누는 재미가 남다르다.

태어난 '연월일시'로 개인의 타고난 적성과 미래를 예측하는 흔히 사주팔자라고 불리는 운명학은 때로는 미신 취급을 당한다. 그러나 가까운 조선시대에는 공개 시험을 통하여 관료로 선발한 후 여러 가지 일을 맡아보게도 했고, 지금은 대학에서 정규과목의 하나로 가르치기도 한다.

동양 특히 중국에서는 고대로부터 사람의 미래와 운명을 예측하기 위하여 여러 가지 학술적 방법을 연구해 왔다. 그 중에 '점'이 있다. 점은 그때그때 당면한 문제의 해답을 얻고자 할 때 쳤다고 한다. 공자도 열 번의 점을 치면 일곱 번은 맞았다고 적혀있는 기록이 있다. 우리가 잘 알고 있는 주역이라는 학문은 점을 치는 점서로도 널리 알려져 있다.

그리고 사람이 타고난 전반적인 운명을 알고자 할 때는 태어난 연월일시를 바탕으로 한 사주명리학이 있다. 사주명리학에서는 사람의 운명을 읽어내는 두 가지 기준이 있는데, 그 중 한 가지는 타고난 '명'이라는 것이다. 바꿀 수 없는 한 개인이 타고난 정해진 그릇이라고 보면 될듯하다. 또 다른 한 가지는 '운'이라는 것이 있다. 운은 말 그대로 타고난 명의 움직임, 흐름, 변화를 말한다.

아무리 자신이 타고난 삶이

상대적으로 왜소하고 힘들거나 어려워 보여도

결국은 누구에게나

어떤 시기에는 운의 변화로 인하여

환경이 바뀔 수 있는 기회가 오고,

때로는 오랜 시간 노력 하고 추구해 오던

꿈과 이상이 이루어지고

열매를 맺는 시기가 온다.

"선생님, 제 인생은 왜 이렇게 힘든 건가요?"

이른 오전시간에 30대 중반의 남자가 철학원을 찾아와서 다짜고짜 물었다. 친구는 그 사람의 타고난 사주팔자 속 오행을 분석해보니 '역마살'과 겨울의 물을 뜻하는 '수'의 기운이 넘치는 글자가 많이 보여서, "손님은 이곳저곳을 많이 돌아다니고 어쩌면 해외로도 참 많이 다녔겠습니다" 라고 하였다. 그러자 그 남자는 직업이 선원이라고 하더란다.

친구는 그 손님에게 30대 후반부터는 돌아다니는 것이 멈추고, 행운이 함께 오는 운의 변화가 올 것이니 희망을 가지고 준비하며 때를 기다리라고 하였다.

최근에 친구는 어디서 본 듯한 손님을 맞았다. 바로 그 남자다. 그는 배 타는 것이 힘들고 지쳐서 3년 전부터 작은 가게를 열었는데, 일이 잘 되어 큰돈을 벌기 시작했단다. 그 후, 프랜차이즈를 통하여 사업체가 계속 확장되었고 지금은 해외로 진출하기 위하여 준비 중이라는 희망찬 계획도 이야기하더란다. 자본이 없는 사람들에게는 거의 무료로 개업을 할 수 있도록 도와주고 있다는 이야기와 함께.

“지난 번 선생님을 찾고 나서도 한 동안 마음을 잡지 못했는데, 어차피 운명이 그렇다면 때를 기다리며 준비하자고 단단히 마음먹었습니다. 그랬더니 힘든 선원 일도 즐겁게 생각되더라고요.”

설령
운명이란 것을
전혀 모르고 살아가더라도
때를 기다리며
꿈을 이루기 위해 끊임없이
노력하고, 내 꿈은 반드시
이루어진다는 희망을
끝까지 버리지 않는다면,
하늘인들 무심하겠는가.

희망 찾기 5

현대판 '신진사대부'는 나타날 것인가

관포지교에 나오는 제나라 정치가 관중은 나라를 버티게 하는 네 가지 덕목으로 예절(禮)과 의로움(義), 곧음(廉), 부끄러움(恥)을 들었다. 그리고 네 가지 덕목 중 하나가 없으면 나라가 기울고, 둘이 없으면 나라가 위태롭고, 셋이 없으면 나라가 뒤집어지고, 넷 모두가 없으면 파멸을 면치 못하다 하고, '예의염치'는 곡간이 차야 지켜진다고 했다.

…

또한, 중국 경제학자 쑹훙빙은 그의 저서 '화폐전쟁'에서 '숱하게 많은 전란과 경제위기를 통해 서민들이 깨달은 진리가 있다. 그것은 바로 경제적 자유가 없을 때 정치적 자유는 공허한 메아리일 뿐이며, 경제적 평등이 이루어지지 않으면 민주제도 역시 뿌리를 잃고 돈의 농간에 놀아나는 도구에 불과하다는 사실이다' 라고 말한다.

우리의 현실은 어떤가. '예의염치' 중 제대로 지켜지고 있는 게 있는가. 경제적 자유와 경제적 평등은 제대로 이루어지고 있는가. 모든 분야에서 불평등이 심화되고 있다. 경제력은 1%의 귀족들에게 집중되어 있으며, 99%의 백성들은 적은 파이를 서로 차지하기 위해 아등바등 발버둥 치고 있다. 경제력에 따라 사회적 지위나 계급이 결정되고, 그 지위가 세습되고 있다.

개미처럼 부지런히 일만하는 백성들의 궁색한 곡간은 나날이 비어가고, 극소수 대가 댁의 곡간만 넘쳐난다. 나라님도 4대강입네, 해외자원개발입네 하면서 펑펑 쓰더니 대가댁 곡간만 불려주다가 비었고, 빈 곡간 메우려 백성들 빈 주머니만 탈탈 털고 있다. 경제적 불평등이 이러할지니 경제적 자유도, 예의염치도, 정치적 자유도, 민주제도도 제대로 굴러갈리 만무하다.

이런 문제를 해결할 책무가 있는 정치세력의 모습은 어떤가. 중앙, 지방 할 것 없이 경제력을 가진 1%의 신흥 귀족들과 결탁하거나 수십 년 동안 기득권에 안주해 온 소수의 패권세력들이 장악하고 있다.

부패, 무능, 무책임한

현재의 위정자들은 곱게 치장한 얼굴색과

화려한 교언(巧言)으로

그들의 부패, 무능, 무책임에서 비롯된

백성의 고통을 덮고 있다.

이에 더해 백성의 탓으로까지 돌리고 있다.

그야말로

'내 덕, 네 탓'이다.

현재의 모습이 가히 고려 말의 상황과 비슷하지 않은가. 고려 말, 극소수의 권문세족은 고위관직을 가지고 정치를 지배했고 문음을 통해 대를 이어가며 그 지위를 계승시켰다. 그리고 자신의 정치적 힘을 이용, 합법 · 비합법으로 농장을 확대하고 농민을 예속하여 막대한 경제적 부를 누렸다. 이런 극단적 경제적 불평등에 더하여 홍건적의 침입과 왜구의 노략질로 인해 민생의 어려움이 극에 달하고 국가 존망이 풍전등화에 놓여있었음에도 이들은 아랑곳 하지 않았다.

이런 권문세족에 대항하여 새로이 등장한 세력이 있었으니, 이들이 미천한 가문 또는 지방 향리 출신의 '신진사대부'다. 이들 신진사대부는 이성계가 실권을 장악하는 과정에서 권문세족을 몰아내고 정계 주요 요직을 차지했다. 그리고 성리학의 이념을 내세우며 새로운 정치를 펴고자 했고, 결국 조선왕조를 열었다.

역사는 반복된다고 하지 않던가.

과연 현대판 신진사대부는

어떠한 모습으로 나타날 것인가.

희망찾기 6

일기일회
(一期一會)

'일기(一期)'는 태어나서 죽을 때까지의 한 주기를, '일회(一會)'는 두 번 다시 오지 않을 귀한 깨달음을 주는 이와의 만남을 의미한다. 즉 일기일회(一期一會)'는 깨달음을 주는 이와의 일생 단 한 번의 만남이다.

법정스님은 "이 사람과 이 한 때를 갖는 이것이 생애에서 단 한 번의 기회라고 여긴다면 순간순간을 뜻 깊게 보내지 않을 수 없다. 한 번 지나가 버린 것은 다시 되돌아오지 않는다. 그때그때 감사하게 누릴 수 있어야 한다. 모든 것이 일기일회다.

모든 순간은 생애 단 한 번의 시간이며,

모든 만남은 생애 단 한 번의 인연이다"

라고 했다.

삶은 만남의 연속이다.

행복한 만남, 불쾌한 만남,

상쾌한 만남, 부정한 만남,

도움 주고자 하는 만남,

도움 받고자 하는 만남,

그리고 또 이런저런 만남들 속에서

인생을 살아간다.

그런데 우리는 그 수많은 만남들 속에서도 '사람 갈증'을 느낀다. 그리고 먼 곳에서 누군가가 백마 타고 와서 내 갈증을 해결해 줄 거라는 막연한 기대감을 가지고 지금 내 앞에 있는 사람에게 소홀히 대하게 된다. 그러나 누구나 알고 있듯이 그런 백마 탄 왕자는 없다.

그는 온화한 생김새와 달리 세상에 대한 불신이 가득해 보였다. 자신의 이야기만 열심히 할 뿐, 전혀 들으려고 하지 않는다. 두 번째, 세 번째 만남도 그랬다. 네 번째 만남은 한참 뒤에 이뤄졌다. 그의 일방적 하소연과 불평불만이 지겹고 짜증이 나서 이런저런 핑계를 대며 만남을 피했기 때문이다.

그의 불평불만은 이유가 있었다. 그는 기부천사였다. 그런데 그의 선한 의도를 이용하여 재산을 편취한 사람들이 여럿 있었나 보다. 이 일로 그는 세상을 증오하게 되었다. 증오의 말을 반복적으로 듣고 싶은 사람은 없다. 외톨이가 된 자신의 이야기를 들어줄 누군가가 필요했고 우연치 않게 내가 그 상대가 되게 된 것이다.

마음을 비웠다. 그리고 진심을 담은 소통을 시작했다. 그러자 그의 말이 들리기 시작했고, 그도 차츰 오염된 마음을 청소하게 되었다. 지금은 서로 평화로운 마음을 나누는 친구가 되었다.

지금 이 순간 내 앞에 있는 사람이 바로 백마 탄 왕자이고, 내 앞에 있는 사람과 이 순간의 만남이 일기일회다. 꼭 성인군자를 만나야만 깨달음을 얻게 되는 것은 아니기에.

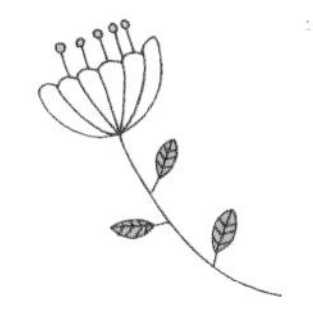

희망 찾기 7

성공의 조건

미국 하버드대학 데이비드 랜즈 교수는 "세상에서는 주로 낙관주의자들이 승리하는데, 그것은 그들이 항상 옳기 때문이 아니라 긍정적이기 때문이다. 그들은 잘못되었을 때조차도 긍정적이다. 이러한 태도는 성취, 향상 그리고 성공의 길로 연결된다"고 했다.

인생의 항로에 순풍만 부는 것은 절대 아니다. 때로는 높은 파도와 폭풍도 만나게 마련이다. 대부분의 사람은 폭풍 앞에서 좌절하거나 피해가게 된다. 그러나 성공하는 사람은 긍정의 힘을 믿고 폭풍과 하나가 되거나 폭풍을 뚫고 나아간다. 성공의 첫 번째 조건은 '긍정심(肯定心)'이다.

로마에 있는 가톨릭 교황의 경비를 스위스 출신 용병들이 맡고 있다. 18세기 후반 프랑스 혁명 당시 국왕 루이16세와 왕비 마리 앙뚜아네트가 시민혁명군에 포위되었을 때 궁전을 마지막까지 지킨 사람은 프랑스군이 아니라 스위스 용병이었다. 수비대가 모두 도망갔지만 스위스 용병 700여 명은 남의 나라의 왕과 왕비를 위해 용맹하게 싸우다가 장열하게 최후를 맞았다. 시민 혁명군이 퇴각 할 수 있는 기회를 주었는데도 스위스 용병은 계약기간이 남았다는 이유로 그 제의를 거절했다.

당시 전사한 한 용병이 가족에게 보내려 했던 편지에는 이렇게 쓰여 있었다. "우리가 신용을 잃으면 후손들이 영원히 용병을 할 수 없기에 우리는 죽음으로 계약을 지키기로 했다." 오늘 날까지 스위스 용병이 로마 교황의 경비를 담당하는 전통이 된 배경이다.

'성실(誠實)'은 정성성자와
열매실자로 이루어져 있다.
여기서 성(誠)이라는 글자는
말씀 언과 이룰 성으로 구성되어 있다.
성실은 자기가 뱉은 말(言)은
반드시 이루어야(成),
즉 언행이 일치되어야 열매(實)도
맺게 됨을 의미한다.
성공의 두 번째 조건은 '성실(誠實)'이다.

성공의 세 번째 조건은 '이타심(利他心)'이다.

우리 인간은 원래 자기 자신을 위해 사는 존재이다.
그런데 자기 자신만을 위한 이기적인 행동을 하는 사
람보다도 다른 사람을 위하여 노력하는 이타적인 사
람이 결국은 뜻을 이루고 성공하는 경우가 많다.

…

세상은 혼자 사는 것이 아니고 여러 사람과 어울려 살아가는 것이기에 내가 뜻을 이루고 성공하려면 다른 사람의 도움과 협력이 반드시 필요하다.

그런데 자기만을 위한 이기적인 행동을 하는 사람을 좋아하는 사람은 아무도 없다.

반대로 사람들은 자기를 돕겠다는 사람을 좋아할 수밖에 없다. 다른 사람을 위하여 노력하는 사람은 환영을 받고 사람들의 마음과 협력을 얻게 된다. 이타적인 사람이 인기가 많고 결국 성공할 수밖에 없는 것은 어쩌면 당연한 일이다. 이타심이야말로 진정으로 자기 자신을 돕는 지혜일 것이다.

그리고 성공의 마지막 조건은 '행동(行動)'이다. 정상에 이르고자 하면 먼저 걷는 일부터 시작해야 한다. 쳐다보기만 해서는 절대로 산 정상에 이를 수 없다. 산꼭대기에 이르고 싶은데 언제까지 그냥 바라보고만 있을 것인가?

지금 바로 행동으로 옮겨야 한다.

주저하고 머뭇거려서는 안 된다.
실천은 반드시 열매를 맺는다.
중요한 것은 환경이 아니라
얼마나 일에 대한 의지가 있고
확신이 있느냐 이다.
지금 필요한 것은 핑계와 변명이 아니라
최선을 다해 성취하고자 하는 노력이다.

자, 이제

성공할 준비가

되어 있는가?

희망 찾기 8

아버지의 눈물

시작은 불가능해 보였다. 아버지의 눈은 절망에 가까웠다. 아들의 죽음을 애써 담담하게 설명하면서 간혹 눈이 촉촉해지기는 했지만, 기대는 이미 접은 눈이었다.

아들은 군 입대 후 100여일 만에 영내 창고 뒤편 야산에서 목을 맸다. 자대 배치 후 한 달 여 동안 무슨 일이 있었기에 스스로 목을 맸을까? 차마 믿을 수 없는 아들의 죽음을 확인하는 자리에서 군 관계자들은 아들이 순직으로 처리되게 하겠다는 등 온갖 감언이설로 아버지를 안심시켰다. 그러나 돌아온 결과는 아무 것도 없었다.

아버지는 이대로 아들을 보낼 수 없었다. 아버지는 보훈청에 아들을 국가유공자로 등록해 줄 것을 신청하였다. 그러나 보훈청은 법상 자해행위는 국가유공자 요건에서 제외되어있다는 이유로 국가유공자 비해당 결정을 하였다.

아버지는 많이 지쳐있었고, 눈에는 절망만이 가득했다. 그래도 포기하지는 않겠다고 했다. 이렇게 보내면 나중에 하늘에서 아들을 어떻게 보겠느냐며 눈물을 훔친다. 야속하겠지만, 일말의 희망도 거두라는 건조한 말투로 이 사건의 쟁점과 승소 가능성에 대해 설명했다. 그래도 아버지의 의지는 강했다. 한 번 부딪쳐보기로 했다.

행정심판을 청구하였으나, 예상대로 기각결정을 받아 행정소송을 제기했다. 재판은 지루하게 지속되었다. 한 달에 한 번 정도 잡히는 기일에 아버지는 한 번도 빠지지 않고 출석했다. 열심히 재판장에게 호소했다. 그 때마다 아버지의 눈은 촉촉이 젖었다. 아버지는 증인을 찾아 몇 날 며칠 동안 전국을 헤매기도 했다.

1심이 진행되는 동안 법이 개정되어 국가유공자 적용 예외조항에서 자해행위가 삭제됐고, 판례도 교육훈련 또는 직무수행과 사망 사이에 상당인과관계가 있다면 자해행위라도 국가유공자로 인정될 수 있다는 취지로 변경되었다.

아버지의 눈물이 통한 것일까. 1심은 '망인이 군 입대 후 선임병들의 암기강요, 욕설, 질책 등으로 정신적 스트레스에 시달리던 중, 우울증 증세가 발현되고, 소속부대 간부 및 선임병들의 적절한 관리가 부족한 상태에서 우울증 증세가 악화되어 자살에 이르렀다고 추단함이 상당하므로 망인의 직무수행과 사망 사이에 상당인과관계가 있다'며 아버지의 손을 들어줬다. 이에 국가는 항소, 상고를 거듭했으나, 아들이 죽고 4년 여 만에 결국 아버지의 승리로 끝났다.

판결문을 받고 아버지를 다시 만났다.

"이제 아들 볼 낯은 생겼지만,

아들이 죽었을 때나 지금이나 하나도 변하지 않는

군대나 사회를 보면 이 땅을 떠나고 싶은

마음뿐입니다."

여전히 아버지의 눈물은 마르지 않고 있다.

희망 찾기 9

사람의 가치

슈바이처 박사가 노벨상 시상식에 참석하기 위해 기차를 타고 아프리카를 떠나 잠시 프랑스 파리에 들렀다. 그가 프랑스 파리에 도착했다는 소식을 전해들은 기자들이 취재를 하려고 그가 탄 기차로 몰려들었다. 취재경쟁에 열중한 기자들이 한꺼번에 특등실로 우르르 몰려 들어가 슈바이처 박사를 찾아보았으나, 도저히 찾을 수가 없었다. 다시 1등칸으로 몰려가서 찾아보았으나, 거기에도 없었다. 이번에는 2등칸에도 가 봤으나, 거기서도 찾지 못했다. 그러자 기자들은 모두 그대로 돌아가 버렸다.

그런데 영국 기자 한 사람만이 혹시나 하고 3등칸을 기웃거리다가 뜻밖에 거기서 슈바이처 박사를 찾아냈다. 가난에 찌든 사람들이 딱딱한 나무 의자에 꽉 끼어 앉아 있는, 퀴퀴한 악취로 가득 찬 3등 칸 한구석에 쭈그리고 앉아서 슈바이처 박사는 그들을 진찰하고 있었다. 놀란 기자가 그에게 특등실로 자리를 옮기기를 권했으나 슈바이처 박사는 들은 척도 하지 않았다.

"선생님, 어떻게 3등 칸에 타셨습니까?"

"예, 이 기차는 4등 칸이 없어서요."

"아니 그게 아니고, 선생님께서 어쩌자고 불편한 곳에서 고생하며 가십니까?"

슈바이처 박사는 잠시 후 이마의 땀을 닦으며 대답했다.

"저는 편인한 곳을 찾아다니는 게 아니라, 저의 도움이 필요한 곳을 찾아다닙니다. 특등실의 사람들은 저를 필요로 하지 않습니다."

슈바이처 박사의
박애정신을 이야기 하려는 게 아니다.

사람의 가치는

필요한 곳에서

필요한 일을 할 때

빛이 난다는

이야기를

하려는 것이다.

최근에 전주 항공대대 이전 부지로 유력하게 거론되는 지역의 주민들을 만났다. 평화로운 삶을 영위하던 주민들에게는 날벼락에 다름 아니었다. 주민들은 찬성파와 반대파로 나뉘어 서로 다투기 시작했고 급기야 고소, 고발까지 하는 사태에 이르렀다.

항공대대 이전 문제는 전주시의 케케묵은 현안이다. 전주시는 무리수를 둬서라도 이번에는 반드시 이전하겠다는 의지가 강해 보인다. 그래서 그런지 갈등 제공자임에도 주민 간 갈등에는 뒷짐을 지고 있다. 아니, 즐기고 있는 듯하다. 게다가 힘없는 주민의 의사를 대변하고 조정자 역할을 해야 할 정치인들조차도 힘이 있고 돈이 있는 특등실만 힐끔거리고 있다. 필요한 곳에서 필요한 일을 하는 사람이 없다.

희망
찾기
10

죄와 벌, 그리고 참회

서진 룸살롱 사건! 1986년 8월 14일. 룸살롱에서 각각 다른 방을 잡아 술을 먹던 이들 중 일부가 복도에서 시비가 붙었다. 사소한 언쟁은 주먹을 불렀고, "우리 애들이 좀 맞았다"는 말을 들은 서울목포파 두목 장진석이 콜라병을 거꾸로 들고 나서면서 사태가 커졌다. 행동대장 고금석 등 조직원들은 트렁크에 넣고 다니던 칼을 들고 나타났다. 이 날 패싸움으로 맘보파 행동대장 조원섭 등 4명이 사망했다. 이 사건으로 장진석.고금석등 4명이 사형을 선고받았다.

그 가운데 사형수 고금석의 남은 생은 깨끗했다. 독실한 불자로 살면서 자신의 영치금을 털어 해산한 여자 재소자를 돕기도 하고, 불우한 재소자의 사연을 들으면 반드시라고 해도 좋을 만큼 도움을 주었으며 궂은 일을 도맡아 하며 자신의 죄를 참회했다.

그런 그를 사랑한 소꿉친구가 있었다. 그녀는 사형수 고금석에게 그녀가 줄 수 있는 모든 사랑을 바쳤다. 옥중결혼을 원했지만 사형수는 '미결수'이기에 '기결수'에게 허용되는 결혼도 불가능했다. 기독교인이었던 그녀는 고금석을 돌보던 박삼중 스님에게 불교로 개종하여 비구니가 되겠다고 말한다. 평생 고금석의 명복을 빌며 살아가겠다는 것이다. 이후 고금석은 면회를 거부한다. "나 때문에 비구니가 된다니 더 이상 그 사람 보지 않겠습니다."

사랑을 끊어버린 그에게 또 하나의 따뜻한 마음의 통로가 뚫린다. 그 길이 닿은 곳은 강원도 오지의 용소분교였다. 동료 사형수가 후원해 오던 곳을 이어받아 고금석은 자신의 영치금을 털어 학용품을 보내고 정성스런 편지도 부친다. 그는 그곳의 아이들에게 '키다리 아저씨'로 불리었다.

키다리 아저씨의 정체를 알 리 없는 한 꼬마가 자신의 소망을 적어 보낸다. "한 번도 바다에 가 본 적이 없어요. 바다에서 물장구를 쳐 보고 싶어요." 이 편지를 읽고 고금석은 자신이 그 꿈을 이뤄주겠노라 약속을 해 버린다. 자신의 영치금으로는 감당할 수 없는 일인데다 사형 집행이 수시로 있던 시기라 약속을 지킬 수 없을 수도 있겠다고 여긴 고금석은 그때까지의 의연함을 버리고 펑펑 울었다고 한다. 당황한 박삼중 스님은 그 앞에서 자신이 약속을 이행해 주겠다며 철석같이 다짐을 해야 했다.

1989년 8월 4일. 비밀리에 안구와 콩팥을 기증한 고금석에 대한 사형이 집행됐다. 그렇게 그가 죽은 열흘 뒤 강원도 오지 아이들의 바다 잔치는 즐겁게 열렸다.

그가 아이들에게 남긴 것은 그의 전 재산 20만원이었다. 박삼중 스님은 그 돈에다가 자신의 돈을 보태어 아이들을 위한 교실을 증축했다. 그렇게 사형수가 마지막으로 보낸 20만원은 새 교실의 초석이 되었다. 지금도 하늘 아래 첫 학교 강원도 용소분교에는 그의 법명 '금송'을 딴 교실이 남아 있다.

희망
찾기
11

스스로 폭풍이 되자

정호승 시인은 '폭풍'이라는 시에서 이렇게 노래한다.

"폭풍이 지나가기를 기다리는 일은 옳지 않다/폭풍을 두려워하며, 폭풍을 바라보는 일은 더욱 옳지 않다

스스로 폭풍이 되어, 머리를 풀고 하늘을 뒤흔드는 저 한그루 나무를 보라/스스로 폭풍이 되어 폭풍 속을 나는 저 한 마리 새를 보라

은사시 나뭇잎 사이로 폭풍이 휘몰아치는 밤이 깊어갈지라도, 폭풍이 지나가기를 기다리는 일은 옳지 않다/폭풍이 지나간 들녘에 핀 한 송이 꽃이 되기를 기다리는 일은 더욱 옳지 않다"

대부분의 사람들은

폭풍을 두려워하여

피하거나

지나가기를 기다린다.

운 좋게 한 번은

피할 수 있을지 모른다.

그러나

무시로 들이닥치는

폭풍을 모두 피할 수는 없다.

또 폭풍을 피하기만

해서는 밭을 갈고 열매를 딸 수 없다.

내 스스로 폭풍이 되어서 폭풍과 당당히

맞서야만 한다.

그러나 맨손으로

폭풍과 맞서서는

승산이 없다.

준비가 필요하다.

다산 정약용은 두 아들에게 근(勤), 검(儉), 두 글자를 유산으로 남겼다고 한다. 이 두 글자는 좋은 밭이나 기름진 땅보다 나은 것이니, 일생 동안 써도 다하지 않을 거라는 당부도 잊지 않았다. 다산은 '근(勤)'을 '오늘 가히 할 수 있는 일은 내일을 기다리지 말며, 아침에 할 수 있는 일은 저녁을 기다리지 말며, 맑은 날에 해야 할 일은 비 오는 날까지 끌지 말며, 비 오는 날 해야 될 일은 맑은 날까지 미루지 말아야한다'라고 설명하였다.

…

또 영국의 언론인이자 소설가인 프리쳇은 "조금만 깊이 파고들면, 위대한 인물들은 한결같은 공통점이 있다. 그들은 쉬지 않고 공부하고 연구했다. 1분도 허투루 보내지 않았다. 우리처럼 평범한 사람을 낙담하게 만드는 근면함이 있다"라고 하였다.

…

현재 우리는 폭풍을 넘어 거대한 태풍 속에 살고 있다. 이러한 태풍 속에서도 우리는 살아가야 한다. 어차피 맞서야 한다면 싸워 이겨야 한다. 싸워 이기기 위해서는 스스로 폭풍이 되어야 한다. 이제부터 근검으로 무장한 폭풍이 되어보자.

희망
찾기
12

꿈의 공유

사람은 누구나 성공을 꿈꾼다. 성공을 꿈꾸면서 열심히 공부하고 연구하며 부지런히 일한다. 그러나 성공하는 사람은 극소수에 불과하다. 왜 그럴까. 성공의 꿈을 공유하지 못하기 때문은 아닐까.

성공 비결은 '꿈의 공유'에 있다고 생각한다.
꿈을 한 사람만 꾸면 꿈으로 끝날 확률이 매우 높다.
그러나 꿈을 여러 사람이 함께 공유하면
얼마든지 그 꿈이 현실이 될 가능성이 높다.
미래를 향한 꿈을 함께 지닌다면
얼마든지 세상도 바꿀 수 있다.

그렇다면 '꿈의 공유'는 어떨 때 가능할까. '열린 사고'를 할 때다. 꿈을 공유한다는 것은 함께 꿈을 꾸고, 함께 꿈을 실현해 나가는 것이다.

사람은 누구나 저마다 꿈을 꾼다. 내 꿈도 있고 남의 꿈도 있다. 하지만 어떤 꿈이 나만을 위한 것이라면, 나를 위해 남에게 희생과 봉사와 복종을 요구하는 것이라면 '꿈의 공유'는 결코 이룰 수 없다.

자기 꿈을 이루려고
다른 사람들에게
일방적 희생과
복종만 요구한다면 그것은 '꿈의 공유'가 아니다.
내 꿈과 네 꿈을 구분하지 말고
모두가 꿈을 함께 해야 한다.
나와 다른 사람에 대한 열린 사고가 없다면
불가능한 일이다

그런데 열린 마음으로 꿈을 공유하는 일은 쉬운 일이 아니다. 요즘 같은 세상에서 수직적 방법으로 꿈의 공유를 강요할 수는 더더구나 없다. 그래서 수평적인 '열린 마음'이 중요하다. 열린 마음으로 서로가 서로의 마음을 얻어 가면서 함께 만든 꿈이라면 성공은 훨씬 가까운 곳에 있다.

우리 사회가 '열린 마음'을 잃어버린 지 오래다. 꿈을 공유하며 함께 성공의 길로 나아가기 보다는 내 꿈만 우겨다짐한다. 그러다 보니 도처에 갈등이 넘쳐난다. 누구보다 열려있어야 할 정치는 닫힐 대로 닫힌 마음으로 앞장서 갈등을 조장한다. 이래서는 사회든, 국가든, 개인이든 성공할 수 없다.

다시 성공의 원칙으로 돌아가야 한다.
열린 마음으로 꿈을 공유해야 한다.

희망 찾기 13

누가 강한 사람인가

맹자에 '득도다조(得道多助)'라는

말이 나온다.

도를 얻은 사람은

도와주는 사람이 많다'라는 뜻이다.

세상에서 가장 강한 사람은

도와주는(助) 사람이 많은(多) 사람이다.

아무리 힘센 사람이라도

도와주는 사람이 많은 사람을

이기지는 못한다.

그 사람을 응원해주는 사람이 많으면

그는 절대 무너지지 않는다.

그래서 그가 가장 강한 사람이다.

맹자는 이렇게 도와주는 사람이 많게 되기 위해서는 인심(人心)을 얻어야 한다고 이야기한다. 평소에 주위 사람들의 마음을 얻어야만 도와주는 사람이 많아진다는 것이다. 평소에 남에게 베풀고 인간답게 살았기에 그가 잘 되기를 응원해주는 사람이 그만큼 많다는 뜻이다.

여기서 득도(得道)란 산에 가서 도를 깨닫는 것이 아니라 사람의 마음을 얻었다는 뜻이다. 지도자가 '득도'하였다는 것은 민심을 얻었다는 것이고, 기업가가 '득도'하였다면 고객의 마음을 사로잡은 것이다.

평소에 주위 사람을 따뜻하게 대하고 배려해 주었기에 상대방의 마음을 얻을 수 있는 것이다. 평소에 사람의 마음을 얻은 사람이라면 아무리 어렵고 힘든 상황이 되어도 결코 무너지지 않는다. 그가 무너지지 않기를 바라는 사람이 너무 많기 때문이다.

그렇다면 사람의 마음은 어떻게 얻을 수 있을까. 무턱대고 부드럽게 상대방을 칭찬하고 배려만 한다고 해서 사람의 마음을 얻을 수 있을까. 예로부터 좋은 검을 만드는 방법은 딱딱한 쇠인 경강(硬鋼) 과 부드러운 철인 연강(軟鋼)을 적절히 섞어서 만드는 것이라고 한다. 딱딱할수록 좋다고 생각할 수도 있으나 너무 딱딱한 검은 쉽게 부러진다. 부드러운 연강을 섞어주면 원래의 강도도 어느 정도 유지하면서 쉽게 부러지지 않는 것이다. 좋은 검은 날카로움도 유지하면서 쉽게 부러지지도 않는 부드러움이 있어야 한다.

사람의 마음을 얻는 것도
좋은 검을 만드는 것과 비슷하다.
부드러움과 날카로움을
적절히 섞어서

진심을 담아
말하고 행동한다면
누군들 그 사람을 좋지 않겠는가.
이런 사람이 강한 사람이다.

희망 찾기 14

한번 엎지른 물

중국 주나라 시조인 무왕의 아버지 서백이 사냥을 나갔다가 위수에서 낚시질을 하고 있는 초라한 노인을 만났다. 이야기를 나누어 보니 학식이 탁월한 사람이었다. 그래서 서백은 이 노인이 주나라를 일으켜 줄 바로 그 인물이라 믿고 스승이 되어 주기를 청했는데, 이 노인이 강태공 여상이다.

강태공 여상은 늦은 나이에 입신출세했지만, 주나라 시조인 무왕의 아버지 서백을 만나기 전까지는 끼니조차 제대로 잇지 못하던 가난한 서생이었다. 그래서 결혼 초부터 굶기를 밥 먹듯 하던 아내 마씨는 친정으로 도망가고 말았다.

그로부터 오랜 세월이 흐른 어느 날, 그 마씨가 여상을 찾아와서 이렇게 말했다.

“전엔 끼니를 잇지 못해 떠났지만 이젠 그런 걱정하지 않아도 될 것 같아 돌아왔어요.”

그러자 여상은 잠자코 곁에 있는 물그릇을 들어 마당에 엎지른 다음 마씨에게 말했다.

“저 물을 주워서 그릇에 담으시오.”

그러나 이미 땅 속으로 스며든 물을 어찌 주워 담을 수 있단 말인가. 마씨는 진흙만 약간 주워 담았을 뿐이었다. 그러자 여상은 조용히 말했다.

“한번 엎지른 물은 다시 그릇에 담을 수 없는 법이오.”

인생은 난관과 역경으로 가득 차 있고, 인간 세상은 염량세태라서 잘 나갈 때는 사람들이 구름같이 몰려들지만, 몰락할 때는 배우자나 부모자식조차도 썰물처럼 빠져 나간다. 이게 세상사다.

마씨는 세상사 이치대로 했을 뿐이거늘 강태공은 어찌 하늘이 맺어 준 부부의 인연마저 한번 엎지른 물에 비유해서 무 자르듯 끊었단 말인가. 참으로 야박한 강태공이 아닌가.

세상의 일에는 엎지른 물에 비유될 수 없고, 비유돼서도 안 되는 일 또한 많은 법이다.

희망 찾기 15

지켜야 할 공동체의 가치

'맹산(盲山)'이라는 중국영화를 보았는데, 그 줄거리는 이렇다.

한 여인이 인신매매가 되어 시골마을에 팔려갔다. 여인은 자신을 산 남자로부터 괴롭힘을 당하고 여러 차례 탈출을 시도하지만 공범이 되어버린 마을주민 전체의 방해로 번번이 좌절된다. 자신을 찾아낸 아버지와 경찰들이 찾아오지만, 마을주민들의 격렬한 방해로 경찰은 돌아가고 아버지마저 여인을 산 남자로부터 폭행을 당하게 된다. 그러자 이 여인이 뒤에서 칼로 남자를 찔러 죽인다.

이렇게 영화는 막을 내린다. 실화를 바탕으로 한 영화라고 한다.

인신매매는 당연히 극악무도한 범죄임에도 마을주민들은 이를 방조하고 돕기까지 한다. 자신이 속한 집단이기에 또는 자기와 친분이 있는 사람의 일이라는 이유로 잘못된 것이 명백함에도 불구하고 이를 지지하거나 방조하는 것이다.

이런 극단적인 경우는 아니더라도 우리는 주위에서 이와 비슷한 문제를 심심치 않게 마주하게 된다. 내가 속한 집단이기에 또는 나와 친한 사람이기에 분명 잘못되고 부당한 것임에도 이를 돕거나 방조한 경험들이 적어도 한 번 쯤은 있을 것이다.

당장은 친분이 있는 사람을 돕고 자신도 어떤 이득을 얻을 수 있을지 모르겠다. 그러나 결국은 부당한 행위를 한 사람이 칼을 맞게 되고 자신도 화를 당할 수 있을 뿐만 아니라 그러한 행위들이 만연하면 사회 전체가 파멸에 이를 수 있다는 사실을 기억해야 한다. 적어도 우리 자식 세대들을 이런 부당함이 만연한 사회에서 살게 해서야 되겠는가.

인권, 자유, 정의, 공정, 법치주의 등 인류문명이 오랜 기간에 걸쳐 쌓아놓은 공동체의 가치들이 너무 쉽게 무너지는 현장을 목도하고 있음에도 우리는 애써 눈을 감고 있다. 지금 우리가 눈을 감거나 방조하면 위 가치들이 파괴되는 속도는 훨씬 빨라질 것이다. 지금 당장, 나부터 눈을 뜨자.

희망 찾기 16

어느 전과자에 대한 기억

변호인으로 변호를 하다보면 특히 기억에 남는 사람들이 있다. 몇년 전 만난 40대 남자도 그중 한명이다. 그는 동업관계에서 발생한 사기죄로 구속되었다. 변호를 하기위해 여러 번 그를 접견해야 했다. 때로는 너무 울어서, 때로는 피해자에게 무차별적인 저주를 퍼부어서, 때로는 판사에게 로비를 해달라고 떼를 써서 기타의 이유로 제대로 변론 준비를 하지 못했기 때문이다. 그렇게 본인은 많이 억울해 했다. 그러나 법적으로 증거가 명백해서 유죄를 피할 수 없었다. 그렇게 그는 1년 6개월 동안 수형생활을 했다.

출소 하고 1년여가 지난 어느 날, 그가 찾아왔다. 부탁이 있어서 찾아왔다고 했다. 출소 후, 모든 인간관계가 단절되어 아무 일도 할 수 없고 너무 외로우니 당분간 친구가 되어달라고 했다. 그렇게 그는 한 달에 두 번 정도 찾아와서 온갖 수다를 떨다가 돌아갔다. 6개월 정도가 지나서 그의 얼굴에 평화가 돌아옴을 느낄 즈음에 그는 더 이상 찾아오지 않았다.

얼마 전에 평균적인 재범률이 20% 정도라는 기사를 본 적이 있다. 어떻게 보면 높다고 볼 수도 있겠다. 그러나 반대로 나머지 80%의 사람들은 다시 죄를 짓지 않는다고 볼 수 있다. 일부를 제외하고는 잘못을 저질렀던 대다수의 사람들은 사회에 복귀하여 정상적인 사회생활을 하고 있는 것이다.

대개 범죄가 일어나면 신문과 방송 등 언론에 기사가 나고 많은 사람은 범죄 경력, 즉 전과가 있는 사람들에게 걱정과 두려움을 가지게 된다. 그러나 사실 비록 전과가 있을지라도 대다수의 사람들은 정상적으로 사회생활을 하고 있다.

잘못한 부분에 대하여는

일정한 대가를 치르게 하고,

그 이후에는 같은 사회구성원으로서

감싸 안아주는 우리의 노력이 필요하다.

그것이 재범률을 더욱 낮추고

이 사회를 더욱 안전한 사회로 만드는

지름길이라고 믿는다.

그런 사회가 건강한 사회 아니겠는가.

희망 찾기 17

도전하지 않는 위험성

3년 만에 만난 그의 표정은 희망과 두려움이 교차하고 있었다. 3년 전 그는 나락으로 떨어져 있었다. 10여 년 동안 정성을 다해 일궈온 사업이 실패했기 때문이다. 그로 인해 그와 그의 가족들은 이루 말할 수 없는 고통을 겪어야 했다.

그리고 그는 3년 동안 포기하지 않고 절치부심했다. 다시 일어설 수 있는 기반을 다진 그에게 위험이 도사린 기회가 찾아왔다. 그런데, 그가 망설인다. 한 번 크게 실패한 경험이 도전을 망설이게 하고 있는 것이다.

어떤 일에 도전하는 것은
많은 위험이 따른다.
그렇다면,
아예 도전하지 않으면
위험도 없을까.
그렇지만도 않은 것 같다.
때로는 도전하지 않는 것이
가장 큰 위험일 수 있다.

배가 항구에 있으면 가장 안전하다. 항구를 떠나면 험난한 바다에서 어떤 어려움을 당할지 모른다. 하지만 배는 항구에만 있으라고 만든 것이 아니라 넓은 바다를 항해하라고 만든 것이다. 태풍이 치고 파도가 높아 위험할 때에는 항구에서 쉴 때도 있다. 그러나 바다가 잔잔하고 때가 되면 힘차게 바다로 나아가야 한다. 바다로 나가지 못하고 배가 항구에만 계속 있게 되면 필요 없는 것이 되고 결국 폐기될 것이다. 존재 자체가 없어지는 가장 커다란 위험을 당할 수 있는 것이다.

모든 존재는 그 필요성이 있기에

가치를 가지는 것이다.

자신의 존재 가치를 얻기 위하여

다소 위험이 따르더라도

필요할 때에는 과감히 나서야 한다.

어쩌면 필요할 때에 도전하지 않는 것이

자신의 존재 가치를 없애는

가장 위험한 일일 수 있다.

미국대통령 루즈벨트는 말한다.

"영광의 순간을 경험하고 싶다면 과감해져야 한다. 비록 과감함 때문에 실패자로 전락한다 하더라도 이들은 평생 단 한 번도 성공과 실패를 경험하지 못한, 무기력하고 어정쩡한 삶을 산 이들보다 훨씬 훌륭한 사람들이다."

희망
찾기
18

벌거벗은 임금님

요즘 유치원에 다니는 딸이 크게 웃으며 박수까지 치면서 읽는 동화가 있다. 안데르센의 동화 '벌거벗은 임금님'이다. 어른들도 대부분 한번씩 읽어봤으리라 생각된다. 그 줄거리는 이렇다.

『옛날에 치장하기 좋아하는 멋쟁이 임금님이 살았다. 임금님은 하루 종일 새 옷 생각만 했다. 임금님은 날마다 새 옷을 만들어 오라고 신하들을 호통 쳤다.

어느 날, 이웃 나라에서 두 명의 재봉사가 임금님을 찾아왔다. 이들은 임금님에게 자기들은 세상에서 단 하나뿐인 특별하고 멋진 옷을 만드는 재봉사라고 소개했다. "저희가 만든 옷은 엄청 멋지답니다. 하지만 현명한 사람들 눈에만 보이지요." 임금님은 매우 반가워하며 옷을 만들어오라고 명령했다.

며칠 뒤 재봉사들이 새 옷을 들고 임금님을 찾아와서 고했다. "드디어 임금님을 위한 특별한 옷이 완성되었습니다. 현명한 사람의 눈에만 보이는 특별하고 멋진 옷이지요."

그런데 임금님의 눈에는 아무것도 보이지 않았다. 그러나 임금님은 옷이 보이는 척 거짓말을 했다. "정말 멋진 옷이구나!" 신하들도 옷이 보이는 척 칭찬을 늘어놓았다.

"백성들에게 이 특별한 옷을 보여 줘야겠다. 여봐라, 당장 거리 행진을 준비 하여라!" 임금님은 자랑스럽게 거리로 나섰다. 백성들은 임금님의 벌거벗은 모습을 보고 깜짝 놀랐다. 하지만 입을 꾹 다물고 서로 눈치만 보았다. 그 때, 한 아이가 임금님을 가리키며 소리쳤다. "앗! 임금님이 벌거벗었다. 임금님은 벌거숭이야!" 그러자 백성들 사이에서 하나 둘 웃음이 터져 나왔다. 그제서야 임금님은 자신이 벌거벗은 사실을 알았지만, 이미 때는 늦었다.

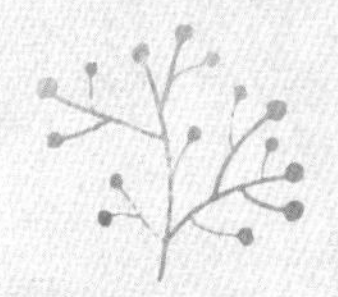

딸에게 이 동화가 뭐가 그리 재미있냐고 물어보았다.

“어른들이 바보 같아요” 하고 다시 박장대소 한다.

어리석음을 숨기기 위해

벌거벗은 임금님.

임금님의 비위만 맞추는 신하들과 백성들.

우리 모두 벌거벗고 행진하고 있는

바보는 아닌지…

희망
찾기
19

늙어간다는 것은

요즘 조문 다니는 일이 잦다. 하늘의 뜻을 알게 된다는 지천명(知天命)의 나이가 되고 보니 늙어감과 죽음에 대해서 너그러워 진건가. 영정 속 우리네 부모님들 표정이 모두 편안해 보인다.

박경리는 이렇게 말했다.

"다시 젊어지고 싶지 않다.
모진 세월 가고, 아~ 편안하다.
늙어서 이렇게 편안한 것을.
버리고 갈 것만 남아서 홀가분하다."

박완서는 이렇게 썼다. "나이가 드니 마음 놓고 고무줄 바지를 입을 수 있는 것처럼 나 편한대로 헐렁하게 살 수 있어서 좋고, 하고 싶지 않은 것을 안 할 수 있어 좋다. 다시 젊어지고 싶지 않다. 하고 싶지 않은 것을 안 할 수 있는 자유가 얼마나 좋은데 젊음과 바꾸겠는가. 다시 태어나고 싶지 않다. 살아오면서 볼꼴, 못 볼꼴 충분히 봤다. 한번 본거 두 번 보고 싶지 않다. 한 겹 두 겹 책임을 벗고 가벼워지는 느낌을 음미하면서 살아가고 싶다. 소설도 써지면 쓰겠지만 안 써져도 그만이다."

말년의 두 소설가는 노년의 아름다움을 몸으로 보여 주었다. 후배들에게 이렇게 나이 먹어야 한다고 조용한 몸짓으로 표현했다. 원주의 산골에서, 구리의 시골 동네에서 노년의 침묵을 가르쳐 주었다. 그리고 한국 문단을 대표하는 이들 두 여류 소설가는 조용한 시골집에서 삶을 마감했다.

천천히 걸어도,

빨리 달려도

우리에게 주어진 시간은

오직 일생뿐이다.

더러는 짧게 살다가,

더러는 조금 길게 살다 떠나간다.

누구는 좀 더 부유하게,

누구는 조금 부족하게 살다 떠나간다.

오늘도 시간은 가고 있다.

늙어간다는 것은

더 편안해지는 것이다.

희망
찾기
20

이명환 선생님을 기억하며

존경하는 선생님이 계셨다. 상산고등학교 1학년 담임선생님이셨던 이명환 선생님이 그분이시다. 중학교를 졸업하고 원하던 고등학교에 배정받지 못해 실망이 이만저만 아니었던 그 겨울 한 교회에서 처음 선생님을 만났다.

그때는 그분이 교사라는 사실도 알지 못했다. 20대 후반의 젊은 분이었고 교회에 나오는 중·고등학생들을 위한 상담자 역할을 하셨던 것으로 기억한다. 그때 이성에 대한 고민도 털어놓고 원하던 고등학교에 배정받지 못하고 당시 설립된 지 1년밖에 안 된 고등학교에 배정된 마음의 상처도 털어놓았던 것 같다. 선생님께서는 잘 들어주셨다.

고등학교 입학식 날, 교실에서 담임선생님을 기다리며

이명환 선생님 같은 분이기를 바랐다. 그런데, 교실로 들어서는 분이 이명환 선생님이 아닌가! 어찌나 놀라고 기뻤던지….

필자가 입학하던 해에 이명환 선생님도 첫 부임하셨다. 선생님은 생물과 화학을 가르치셨다. 과학과목에 취약했던 필자는 좋아하는 선생님 때문에 공부를 하지 않을 수 없었다. 열심히는 했지만, 생물과 화학 성적이 신통치는 않았다. 그때마다 선생님께 미안한 마음으로 죄송하다고 말씀드리면 선생님은 조만간 열심히 한 결과가 나올 거라며 걱정하지 말라고 위로해주셨다. 당시 필자는 선생님을 교사가 아니라 형님처럼 느꼈다. 때로는 버릇없는 동생처럼 굴기도 했다. 학창시절 전체를 돌이켜보아도 그때만큼 마음이 풍요로웠던 적은 없었던 것 같다.

그리고 치열하게 20여 년을 산 어느 날, 고등학교 동창으로부터 전화가 왔다. 선생님께서 돌아가셨단다. 사실 마음속에서 선생님을 잊은 적은 없었다. 다만 처해있는 상황이 별로 달갑지 않아서 선생님을 찾아뵐 수가 없었다. 사법시험에 합격하고 당시 같은 반 친구 몇 명과 선생님 댁을 방문했는데, 그때는 건강해보이셨다. 그리고 얼마 되지 않았는데, 돌아가셨단다. 그렇게 존경과 사랑의 마음을 다 표현하지도 못한 채 사랑하는 사람은 떠나갔다. 오늘처럼 힘들고 지칠 때면 이명환 선생님이 더욱 그리워진다.

희망
찾기
21

친구

둘은 절친한 친구사이다. 한 친구는 평범한 회사원으로, 다른 친구는 과감하게 사업으로 사회생활을 시작했다. 두 친구는 모두 열심히 하루하루를 살았다. 특히 사업가는 큰 성공을 거두는 듯이 보였다. 그러나 금융위기는 그 사업가가 가진 모든 것을 날려버렸다. 거래처도 떠나고 친구도 떠나고, 모든 것을 잃었다. 단 한명의 친구를 제외하고…….

회사원인 친구는 넉넉하지 않은 살림에도 친구의 재기를 위하여 선뜻 자신이 가진 돈을 내놨다. 그 돈을 바탕으로 절치부심 다시 사업을 시작한 사업가 친구는 10여년이 지나 사업을 크게 성공시켰다.

정리해고성 명예퇴직 뒤 회사원 친구는 미국으로 이민을 떠났으나 경제적으로 어려움을 겪고 있었다. 사업가 친구는 이민갔던 그 친구를 한국으로 초청했다. 그리고 그 친구가 건네준 돈의 몇 배를 갚았다. 그것도 부족했던지, 정기적으로 회사원 친구에게 돈을 보낸다. 잘 아는 지인의 이야기다.

명심보감에 이런 구절이 있다.

술과 밥을 함께 할 형제 같은 친구는

천 명이나 되지만,

위급하고 어려울 때

기꺼이 돕는 친구는 한 명도 없더라

(酒食兄第　千個有　急難之朋　一個無).

어쩌면 이것이

인간 본래의 모습인지도 모르겠다.

어딘가에서 친구를

네 종류로 분류하는 글을 본 적이 있다.

먼저 '화우(花友)'다.

꽃이 피어 예쁠 때는 찬사를 아끼지 않으나

꽃이 지면 돌아보는 이 없듯

자기 좋을 때만 찾는 꽃과 같은 친구라는 뜻이다.

칭우(秤友)는 저울이 무게에 따라 이쪽저쪽으로 기울 듯 이익이 있나 없나를 따져보며 움직이는 저울 같은 친구.

그리고 산우(山友), 산이란 온갖 새와 짐승의 안식처이며 멀거나 가깝거나 늘 그 자리에서 반기듯이 생각만 해도 편안하고 마음 든든한 산과 같은 친구를 이른다. 마지막으로 지우(地友)는 땅이 뭇 생명의 싹을 틔워주고 곡식을 길러내며 조건 없이 베풀어 주듯이 한결 같은 마음으로 지지해주는 땅과 같은 친구라고 한다. 나는 누군가에게 어떤 친구의 모습일까?

희망 찾기 22

내 마음속의 원 지우기

"내가 마을을 다녀왔을 때, 네가 이 원 안에 있으면 오늘 하루 종일 굶을 것이다. 하지만 원 밖에 있으면 이 절에서 내쫓을 것이다."

어느 절의 주지스님이 마당 한 가운데에 큰 원을 그려놓고는 동자승을 불러서 문제를 냈다. 그리고는 마을에 나갔다. 동자승은 난감했다. 원 안에 있자니 가뜩이나 배가 고픈데 오늘 하루 종일 굶어야 할 것이고, 원 밖에 있으면 절에서 내쫓김을 당해야 하는 상황.

한 시간 뒤에 드디어 주지스님이 돌아왔다. 그런데 이 동자승은 하루 종일 굶을 필요도 없었고, 절에서 내쫓김도 당하지 않았다. 어떤 선택을 했던 것일까?

동자승은 한참을 고민하다가 마당 한구석에 놓인 빗자루를 가지고 와서는 스님이 그려 놓은 원을 쓱쓱 쓸어서 지워 버린 것이다. 원이 없어졌으니 원 안에 머무는 것도 아니고, 원 바깥에 머문 것도 아닌 것이다.

사람과 사람 사이에도

자신을 숨기고 감추는 원이 있다.

게다가 타인이 들어올 수 없게

커다란 열쇠로 굳게 잠가 두기도 한다.

내안에 커다란 열쇠로

채워진 원이 있음을 느낀 상대방도

마음속에 원을 그려 더욱 굳게 닫아두고

경계하며 채워두고 또 채워두게 된다.

가까이 있으면서도 멀리 있고,

서로 존재의 외로움만 깊어지게 된다.

먼저 자신의 원을 지워 보자.

바로 앞에 있는 그 사람의 마음이 들어올 수 있도록

흔적도 없이 지워보자.

분명히 미움, 욕심, 자존심 등 온갖 질곡의 감정들로부터 자유로울 수 있게 될 것이다. 그렇다. 마음속에서 원을 없애는 일은 자유를 얻는 일이다.

희망 찾기 23

50 즈음에

최근 104세를 일기로 유명을 달리한 호서대학교 설립자 강석규 총장이 쓴 수기가 강한 울림을 주고 있다.

"나는 젊었을 때 정말 열심히 일했습니다. 그 결과, 나는 실력을 인정받았고, 존경을 받았습니다. 그 덕에 65세 때 당당한 은퇴를 할 수 있었죠. 그런 내가 30년 후인 95번째 생일 때, 얼마나 후회의 눈물을 흘렸는지 모릅니다.

내 65년의 생애는 자랑스럽고 떳떳했지만 이후 30년의 삶은 부끄럽고 후회되고 비통한 삶이었습니다. 나는 퇴직 후 '이제 다 살았다. 남은 인생은 그냥 덤이다'라는 생각으로 그저 고통 없이 죽기만을 기다렸습니다.

덧없고 희망이 없는 삶, 그런 삶을 무려 30년이나 살았습니다. 30년의 시간은 지금 내 나이 95세로 보면 3분의 1에 해당하는 기나긴 시간입니다. 만일 내가 퇴직할 때 앞으로 30년을 더 살수 있다고 생각했다면, 난 정말 그렇게 살지는 않았을 것입니다.

그 때 나 스스로가 늙었다고, 뭔가를 시작하기엔 늦었다고 생각했던 것이 큰 잘못이었습니다. 나는 지금 95살이지만 정신이 또렷합니다. 앞으로 10년, 20년을 더 살지 모릅니다.

이제 나는 하고 싶었던 어학공부를 시작하려 합니다. 그 이유는 단 한 가지. 10년 후 맞이하게 될 105번째 생일날 95살 때 왜 아무것도 시작하지 않았는지 후회하지 않기 위해서입니다."

나는 정말 열심히 50년을 살았다. 열심히 공부했고, 열심히 민주화 운동을 했으며 또 열심히 일했다. 그리고 열심히 자식들도 키웠다. 아직 실력을 인정받고 존경을 받을 정도는 아니지만, 쉼 없이 달려온 50년이라 자부할 수 있다.

그러던 어느 날, '무엇 때문에 이렇게 열심히 살지?' 하는 의문으로 몸과 마음이 나태해지기 시작할 무렵에 우연히 강석규 총장이 쓴 수기를 만나고 다시 몸과 마음을 바로잡았다. 50 즈음에 나는 이타적 삶을 향한 새로운 꿈을 꾸기 시작했다. 후회 없는 삶을 살기 위하여.

희망
찾기
24

관상

"얼굴 좋은 것이 몸 건강한 것만 못하고(相好不如身好), 몸 건강한 것이 마음 착한 것만 못하고(身好不如心好), 마음이 착한 것이 덕성 좋은 것만 못하다(心好不如德好)"

중국 당나라 때 관상학의 대가인 마의선사가 쓴 '마의상서'에 나오는 유명한 내용이다.

마의선사가 하루는 시골길을 걷고 있는데 나무를 하러 가는 머슴의 관상을 보니 죽음의 그림자가 드리워져 있었다. 그래서 마의선사는 머슴에게 "얼마 안 가서 죽을 것 같으니 너무 무리하게 일하지 말라"고 당부했다. 그 머슴은 그 말을 듣고 낙심하여 하늘을 바라보며 탄식을 할 때, 계곡물에 떠내려 오는 나무껍질 속에서 수많은 개미떼가 물에 빠지지 않으려고 발버둥치는 것이 보였다. 그 머슴은 자신의 신세와 같은 개미들에게 연민을 느끼고 나무껍질을 물에서 건져 개미떼들을 모두 살려 주었다. 며칠 후 마의선사가 그 머슴을 마주하게 되었는데, 그의 얼굴에 어려 있던 죽음의 그림자는 사라지고 부귀영화를 누릴 관상으로 변해 있었다. 마의선사는 그 젊은 머슴이 개미를 구해준 이야기를 듣고 크게 깨달아 '마의상서' 마지막 장에 위의 글귀를 남겼다 한다.

변호사가 직업인 이상 많은 사람들을 만나게 된다. 한 10년 동안 변호사로서 사람을 만나다 보면 관상가에 버금가는 눈을 가지게 된다. 상대방의 얼굴 표정과 말씨만 봐도 그 사람이 어떤 사람인지 어림잡을 수 있고 대개는 맞다.

심성이 착하고 남에게 많이 베풀어

덕성을 쌓은 사람의 표정은 편안하고 부드럽다.

그러나 욕심이 많고 의심과 시기, 질투가 많은

사람의 그것은 불안하고 거칠다.

그래서 선하게 살면 해맑은 얼굴로 꽃피고,

세상을 불편하게 살면

어두운 얼굴로 그늘이 진다고 하나보다.

얼굴은 마음의 거울이다.

말씨도 그렇다. 말씨가 거친 사람은 분노를 품고 있는 사람이고 부정적인 말씨습관을 가진 사람은 마음에 두려움이 있다. 과장되게 이야기하기 좋아하는 사람은 그 마음이 궁핍하기 때문이고 자랑을 늘어놓기 좋아하는 사람은 그 마음에 안정감이 없기 때문이다. 비판적인 말을 자주 하는 사람은 그 마음에 비통함이 있고 다른 사람을 헐뜯는 사람은 그 마음이 열등감에 사로잡혀 있으며 듣지 않고 자기말만 하려는 사람은 그 마음이 조급하기 때문이다.

반면에 항상 다른 사람을 격려하는 사람은 자신의 마음이 행복하기 때문이고 부드럽게 말하는 사람은 그 마음이 안정적이기 때문이다. 진실 되게 이야기하는 사람은 그 마음이 담대하다. 마음에 사랑이 많은 사람이 위로의 말을 내어주며 겸손한 사람이 과장하지 않고 사실을 말한다. 나는 어떤 관상을 가지고 있을까?

희망 찾기 25

공포

요즘 정신적 피로도가 상당하다. 스트레스가 발생하는 상황마다 마음을 다스리려고 하지만, 뜻대로 되지 않는 경우가 많다. 오히려 마음을 다스리려는 노력이 더 스트레스를 쌓이게 하는 경우도 생긴다. 스트레스의 원인은 다른 무엇보다 내가 사회적, 정치적, 경제적 환경을 둘러싸고 있는 공포 속에서 살고 있는 것 같다는 것이다.

1980년대 아무 것도 가진 것 없이 오직 젊음과 열정으로 군사정권과 부조리에 맞서서 싸울까, 말까를 고민하면서 공포를 느낀 적이 있었다. 그때도 잃을 것이 없지는 않았겠지만, 그래도 싸우는 쪽을 택했다. 그리고 싸우는 상대도 뚜렷했고, 그 수도 많지 않아서 재미도 느꼈다. 나름대로 정해놓은 전리품도 얻었고, 그것이 당시에는 희망이었다. 그런데 지금은 싸울 상대가 모호하고, 그 수도 가늠할 수 없다. 더군다나 가진 것이 많아져서 잃을 것도 많아지게 되었다. 젊음과 열정도 서서히 퇴색되어 가고 있다.

나름대로 세상의 공포와 싸우지 않았던 것은 아니다. 부당한 권력이나 부조리한 현실에 맞서 싸우고 있는 용기 있는 사람들, 공포 없는 아름답고 살맛나는 세상을 만들기 위하여 노력하는 사람들에게 적으나마 후원을 하고, 방송이나 글을 통하여 간접적으로 비판적 의견을 내비치기도 하였다. 그런데도 스트레스는 줄지 않았다. 알 수 없다. 이 모호하고 불안한 공포와 스트레스를.

사회적 가치보다는 물적 가치가 신(神)이 된지 오래되었다. 누구는 오늘도 부동산값과 주식가치의 등락을 확인하기 위하여 인터넷을 여행하며 하루를 보낸다. 이미 인생의 의미를 놓아버린 사람들은 폐지를 주우며 오늘 끼니를 라면으로 때워야 할지, 쌀을 살 수는 있는 것인지를 고민하다 결국 로또 2천원어치를 산다. 로또가 유일한 희망이 된 지금, 끼니와 로또를 쉽게 바꾼다. 있는 사람들은 세금과 세무조사, 부동산값 하락, 도둑에 대한 공포, 없는 사람들은 생존의 공포 속에서 물신(物神)은 조금씩 희망을 좀먹었고 남아있는 희망은 작은 조각이 되었다.

세상은 거꾸로 가고 있는 것 같은데,

'거꾸로'의 주역들은 승승장구하고 있고,

역린(逆鱗)을 거스리는 목소리는

여지없이 뭉개지고 있다.

'행동하지 않는 양심은 악의 편'이라고

일갈한 정계 거목의 마지막 외침은 오래가지 않았다.

신선한 양심은 싹이 트기도 전에

입시전쟁, 취업전쟁에 내몰리다

스스로 시들고 있고,

노회한 양심은

술자리에서 흘러간 옛날이야기를

할 때가 가장 즐겁다.

오늘도 역사교과서 발행을 정부가 독점하여 획일적 교육을 하겠다고 선언하고 이미 장악한 언론을 통하여 총공세를 하고 있음에도 그 보이지 않는 위험성을 모른 체 무덤덤하게 시간만 흘러가고 있다. 한 고위 검사 출신 출세주의자는 전직 대통령들과 현직 야당 대표까지 '빨갱이'로 몰아붙이고 있음에도 그 위험성을 모른 체 무덤덤하게 시간만 흘러가고 있다. 정부가 노동'개혁'이라고 명명하고는 있으나, 노동'개악'임이 분명한 정책을 밀어붙이고 있음에도 그 위험성을 모른 체 무덤덤하게 시간만 흘러가고 있다. 그것들이 지금 당장 먹고 사는데 무슨 상관이란 말인가.

이 원인을 알 수 없는 모호하고 불안한 공포와 스트레스로부터 벗어날 수 있을까?

희망 찾기 26

국정교과서,
무엇이 문제인가

초·중·고교에서 사용하는 교과서에는 법적으로 국정, 검정, 인정도서가 있다. 국정은 국가가 집필하고 편찬하는 교과서이다. 검정과 인정은 교육부의 교육과정 지침에 따라 민간에서 개발한 후, 검정은 교육부, 인정은 교육청의 검증을 거쳐야 하는 교과서이다.

그런데 정작 '국정'교과서에서 '국가'는 실체가 없으며, 현실적 실체는 '정부'다.

따라서 '국정교과서'는 '박근혜'정부의 교과서이다. 이 점을 명확히 해야 박근혜 대통령이 90% 이상의 역사학자들이 반대하는 한국사 교과서 국정화를 밀어붙이는 이유를 이해하는 실마리가 풀린다.

사실 검·인정 교과서도 교과 내용에 대한 사전 지침, 검·인정 과정에서 심사 탈락 또는 수정을 명령할 수 있으므로 어느 정도 통제 가능하다. 이 과정에서 반국가적 내용이나 용어는 충분히 걸러내고도 남음이 있다. 그러므로 정부와 새누리당, 그리고 보수 언론들이 선전하듯 한국사 검정교과서 어느 곳에도 6.25전쟁이 한국의 책임이라든지 주체사상을 찬양하는 내용 등이 들어 있을 수 없다. 그들 스스로 검정하고 이를 통과한 기존 8종의 역사 교과서에 대해 새빨간 거짓말을 하고 있을 뿐이다. 조금이라도 의심이 든다면 교과서를 펼쳐보라.

결국, 한국사 국정 교과서화는 검정에 의한 통제에 만족하지 못하고, 철저하게 '박근혜 정권용' 교과서를 편찬하겠다는 것에 다름 아니다. 세계적으로도 북한, 베트남, 러시아, 터키 등 최후진국이나 독재 국가가 아니면 역사 교과서를 국정으로 하는 나라는 없다.

나는 유신독재와 군부독재 정권 하에서 초·중·고교를 다녔다. 학창 시절 역사 공부를 좋아하여 역사 공부에서 만큼은 모범생이었다. 그런데 대학에 입학하여 책 한 두 권

읽자 근현대사와 관련된 많은 부분이 왜곡과 허구로 가득함을 알게 되었다. 초·중·고교 12년의 역사 교육이 한순간에 무너진 것이다. 나뿐 아니라 당시를 살았던 세대들이 대부분 경험했던 사례 중 하나일 것이다.

어떤 이들은 그때 읽었던 책이 너무 편향적이었기 때문이라고 생각할 것이다. 그 판단을 존중하더라도, 12년이라는 긴 시간 동안의 역사 교육이 책 한 두 권에 철저하게 무너질 만큼 허술하거나 허구였음을 반증하는 것이기도 하다. 돌아보면, 독재 정권의 유지 재생산이라는 목적이 앞서 조금만 깊이 탐구하면 알 수 있는 사실까지도 왜곡을 일삼았기 때문이다. 사실 자체가 허구이니 그만큼 바탕이 쉽게 무너질 수밖에 없었던 것이다.

학창시절 국사와 국어 시간에 학생들이 본받아야 할 여류시인으로 배웠던 노천명의 시이다.

부인근로대

노 천 명

부인근로대 작업장으로 / 군복을 지으려 나온 여인들 / 머리엔 흰 수건 아미 숙이고 / 바쁘게 나르는 흰 손길은 나비인가

총알에 맞아 뚫어진 자리 / 손으로 만지며 기우려 하니 / 탄환에 맞던 광경이 머리에 떠올라 / 뜨거운 눈물이 피잉 도네

한 땀 두 땀 무운을 빌며 / 바늘을 옮기는 양 든든도 하다 / 일본의 명예를 걸고 나간 이여 / 훌륭히 싸워주 공을 세워주

나라를 생각하는 누나와 어머니의 아름다운 정성은 / 오늘도 산만한 군복 위에 꽃으로 피었네

이 여류시인은 지난 시대 국정교과서에서 우리 학생들이 배우고 본받아야만 하는 위대한 인물이 되어있었다.

국정교과서는 박근혜 정권의 입맛에 따라

일제하 반민족행위와 유신독재를 미화하여

서술할 가능성이 높다.

그렇지 않다면 과거로 회귀하는,

90% 이상의 역사학자가 반대하는

국정화를 추진할 이유가 없는 것이다.

희망 찾기 27

평범한 부부 이야기

에피소드1: 몇 년 전 이야기다. 아내가 초등학교 동창들과 어울리다 새벽 2시에 귀가했다. 아내는 이 모임에 갔다 올 때마다 그 자리에 나온 남자 동창들에 대한 칭찬을 입이 닳도록 하고 있던 터였다. 밤 12시가 넘어서면서 문득 '혹시' 하는 의심이 생기기 시작하더니 급기야 안절부절 못하게 되었다. 아내가 돌아왔고 나는 의연한 척 했지만 의심의 눈길은 거두지 못했다. 아내는 이내 나의 의심을 눈치 채고는 "당신, 나 못 믿어?"라고 물었다. 나는 "못 믿기는…" "밤길이라 걱정돼서 그러는 거지"라고 둘러댔다. 지금까지 서로에 대한 믿음으로 아무 말 없이 살아온 우리 부부다. 내 머리 속에서 '혹시'하는 의심이 확신으로 변하기 전에 아내는 돌아왔다. 의심이란 놈은 믿음의 틈새를 노리는 것 같다.

에피소드2 : 얼마 전 중년 여성 한 분이 사무실 앞에서 서성이는 모습을 보고 그분에게 무슨 일인지 물었다. 그분은 이혼을 하고 싶다고 했는데 사연은 이렇다. "저희 부부는 18년 동안 특별한 문제는 없었습니다. 남편은 중소기업을 건실하게 일구어서 제법 큰 아파트도 마련했습니다. 두 아이도 구김살 없이 키웠습니다. 그런데, 작년부터 갑자기 모든 것이 귀찮아지기 시작하였습니다. 병원에 가 보았는데 아무 이상이 없었습니다. 남편에게 저의 상태에 대하여 의논도 해 보았습니다. 남편은 처음엔 관심을 보이더니 얼마 안가 시들해졌습니다. 제 상태가 호전이 되지 않고 이제는 남편과 아이들에게 미안하기도 하여 이혼을 하고 싶습니다." 나는 그분의 이야기를 모두 들은 후 "저와 다섯 번 정도 상담한 후 그래도 이혼하고 싶으시면 제가 도와드리겠습니다"라고 이야기했다. 세 번의 상담 만에 그 분은 이혼 결심을 거두었다. 믿음은 꾸준한 배려와 보살핌 속에서 서서히 자라는 것 아닐까.

에피소드3 : 각고의 노력으로 작은 섬유회사를 설립한 부부가 있다. 이 부부는 몸이 부서져라 일했다. 그러나 IMF를 겪으면서 사업은 내리막길을 걷기 시작했다. 10년 전에는 남편이 '악성흑색종'이라는 희귀한 암으로 진단되었다. 그래도 열심히 일했으나, 결국 회사는 폐업을 했다. 집을 팔아 일부 빚을 갚고 현재는 사글세를 살고 있다. 그 후에도 이 부부는 온갖 종류의 일을 다 했다. 2년 전에는 중학생 딸이 신경정신병에 걸렸고, 아내는 신부전증으로 고생하고 있다. 빚은 아직도 2억 원이 넘게 남아 있다. 지난해에 나는 이 부부를 상담했다. 힘들어 보였지만, 부부간의 믿음은 눈물이 날 지경이었다. 상담 결과 파산신청만이 살길이었다. 나는 무료로 파산신청을 해 주었고 드디어 금년 7월에 파산 및 면책결정을 받았다. 음료수를 들고 찾아와 행복한 얼굴로 고맙다는 말을 수 없이 한다. 내가 더 고마운데도 말이다.

희망 찾기 28

멀리 떠난 친구에게

자네가 한국을 떠난 지도 어느덧 1년이 다 되어 가는군. 자네는 한국을 떠나면서 나에게 억울하게 재판에 연루되어 경험했던 일들을 이야기하며 내가 어떤 법률가가 되어야 하는지를 역설했지. 결국 무죄판결을 받기는 했지만, 1년간의 긴 수사와 재판을 받는 과정에서 자네가 겪은 인간적 모멸에 대해 이야기했네. 누구도 자네의 말을 제대로 들어주지도 않았고 판사조차도 조선시대 지방관아의 사또를 보는 것 같았다고 했지. 자네의 말에 나는 우리만큼 사법시스템이 효율적인 나라는 없고, 다만 자네는 재수 없게도 인격이 성숙하지 못한 사람을 만난 것뿐이니 너무 서운해 하지 말라고 위로 아닌 위로를 했네. 자네는 효율과 결과보다 더 중요한 것은 과정에서의 공정성과 인간존중이라고 반박했었지. 그러면서 '너는 특권의식을 버리고 결과만큼 과정도

존중하며 종국에서는 사람의 마음을 얻는 법률가가 되어야 한다'고 신신당부했지. 진정 고맙고 느끼는 바가 많은 고언이었네.

어제 우연히 딸의 공부방에서 동화책을 읽었네. 방학도 없이 학원과 숙제에 시달리던 한 아이가 있었다네. 이 아이는 자신과 똑같이 생긴 아이가 있다면 얼마나 좋을까 생각하다가, 개에게서 "너의 손톱과 발톱을 쥐에게 먹이면 쥐가 너처럼 변할 거야"라는 말을 듣고 그렇게 했더니 이 아이와 똑같은 가짜 아이가 만들어졌네. 그 때부터 이 진짜아이는 자기가 하기 싫은 일은 모두 가짜 아이에게 맡기고 자신은 실컷 놀기만 했지. 그런데 이 가짜아이가 주어진 일을 너무 잘해서 모두가 그를 칭찬하자 진짜아이는 자신의 자리를 모두 가짜아이에게 내주어야만 했다네. 그제야 진짜 아이는 자신의 본래 자리를 찾고자 했지만, 가짜아이가 완강하게 저항했다네. 진짜아이는 어려운 우여곡절을 겪기는 하지만 결국 자신의 원래 자리를 찾게 되고 더욱 성숙한 아이가 되었다는 이야기일세.

자네가 떠난 지 1년이 다 되었는데도 자네가 바라던 법률가로서의 내가 되어가고 있는지, 우리의 사법시스템이 진행과정에서 공정하고 인간을 존중하는 모습으로 변해가고 있는지에 대해 나는 자신 있게 말할 수 없네. 그러나 나는 적어도 자네의 고언대로 마음을 얻는 변호사가 되기 위하여 노력은 하고 있네. 우리의 사법시스템도 로스쿨, 법조일원화, 배심제 등 변화의 몸부림을 치고 있다네. 하지만 법률가를 인격적으로 성숙하게 만드는 노력이 선행되지 않으면 어떤 몸부림도 성과를 얻기는 힘들겠지. 최소한의 이타적 성숙성을 가진 사람들을 법률가로 선발하고, 이것이 불가능하다면 그렇게 되도록 강제하는 시스템(?)을 갖추어야 할 것이네. 친구! 혹시 모든 일에 능하지만 가짜인 아이가 자네를 이 땅에서 내몬 것은 아닌지 모르겠네. 진짜 아이가 따뜻하고 성숙한 모습으로 돌아오거들랑 자네도 꼭 돌아오시게나.

희망 찾기 29

아들과 아버지

나는 아들에게 무심한 아버지였다. 아들이 태어나던 순간이 생각난다. 그 때 내 머릿속은 복잡했다. 생명에 대한 경외감을 느끼기는커녕 내가 이 아이를 기를 수 있는 능력이 되는지, 이제 아이가 태어났으니 아내의 요구도 많아지지 않을는지 등 온갖 잡다한 생각으로 아이의 울음소리도 제대로 듣지 못했다.

아들이 태어난 후부터 얼마동안 나는 시험공부에 바쁘다는 핑계로, 변호사가 된 후로도 회사일이 바쁘다는 핑계로 아들과 참다운 대화를 나누지 못했다. 다만 아내의 간절한 요구로 쉬는 날 잠깐 동안 아들과 축구나 씨름을 하는 것으로 아버지의 의무를 다했다고 생각했다.

아들이 처음으로 진지하게 떼를 쓴 일이 있었다. 2007년 여름으로 기억된다. 열 살에 불과했던 아들이 지리산 종주에 참여하겠다고 한 것이다. 작년에 아빠가 보내주지 않으면서 내년에는 꼭 보내주겠다고 약속했다면서. 난감했지만, 어쩔 도리가 없었다. 생각해 보면 나의 반대는 아들의 안전에 대한 걱정을 원천적으로 봉쇄하여 머릿속이 편해지려는 순전히 나의 편의에 주된 이유가 있었다. 어찌되었든 아들은 4박 5일의 지리산 종주를 떠났다.

아들이 떠난 후로

나는 제대로 일을 할 수가 없었다.

평소에는 생각하려고 해도 잘 떠오르지 않던

아들의 얼굴이 수시로 눈앞에서 아른거리고,

퇴근하여 집에 와서도 피곤이 풀리지 않는 것이었다.

아내가 묻는다.

"당신 회사에 무슨 안 좋은 일 있어요?"

내가 무심결에 대답한다.

"아들이 없으니까 도대체 재미가 없어."

아내가 웃으면서 말한다. "당신 철들었네."

아들이 떠난 첫날 밤, 뉴스에서는 북한산 등반 중에 여러 등산객이 번개에 맞아서 사망했다는 기사를 톱뉴스로 전하고 있었다. 결국 아들은 무사히 종주를 마치고 돌아왔다. 내 속은 까맣게 탔으나, 아들의 무사귀환으로 그 동안의 피곤은 날아갔다. 나도 아들과 함께 지리산 종주를 한 꼴이 되었고, 내가 아들을 얼마나 사랑하는지도 알게 되었다.

이런 아들이 수학능력시험을 앞두고 있다. 나는 아들의 공부에 대해서는 일체 간섭하지 않아왔다. 아들의 선택과 결정을 믿고 조용히 지지하고 후원만 할 뿐이었다. 그러나 시험날짜가 다가오면서 내가 시험을 코앞에 둔 사람처럼 조바심을 낸다. 수험생을 둔 모든 부모의 마음일 것이다. 지리산 종주를 훌륭하게 마치고 무사귀환 했듯이 아들은 이번 수학능력시험도 잘 치를 것이다. 그렇게 되면 아들과 함께 치르는 나의 수학능력시험도 해피 엔딩으로 끝나리라.

희망 찾기 30

평화는 노력 없이 오지 않는다

명동성당 옆 한쪽 아담한 곳에 위치한 천주교 인권위원회 사무실에서는 매주 월요일 오후 2시30분부터 법률 지원단 소속 변호사들이 무료 법률 상담을 한다. 벌써 26년째 해오고 있는 일이다. 대개는 상담만으로 해결될 수 있는 문제로 오지만, 법적으로는 더 이상 구제될 수 없는 문제로 오는 사람들도 있다.

2006년 봄으로 기억된다. 그 날은 비가 오는 가운데서도 유난히 많은 상담자들이 기다리고 있었다. 그런데 유독 한 사람과 오랫동안 대화를 나누었다. 그 사람은 무척 지쳐 보이면서도 격앙되어 있었다. 누구도 자신의 말에 귀를 기울이지 않는다고 하소연 한다. 온갖 국가기관에 진정도 해 봤고, 인권 관련 시민단체에 가서 하소연도 해 봤지만 아무도 자신의 말을 들어 주지 않는다는 것이다.

그 사람은 1980년대에 무고하게 기소되어 수 년 동안 수형생활을 했다고 주장한다. 더불어서 보호감호처분을 받아 7년 동안이나 더 실질적인 수감생활을 했다고도 한다. 그 사람의 주장은 자신에 대한 판결은 오해에서 비롯된 것이고 보호감호 처분은 당시 군사정권의 횡포이므로 모든 젊음이 낭비된 데 대해 명예회복과 더불어 보상을 해 달라는 것이었다.

그 사람의 말이 진정하다는 전제 하에 법적으로 해결할 수 있는 여러 방법들을 이야기해 주기는 했지만, 그 말의 진실성을 의심해 성의를 다하지는 않았다. 한동안 상담을 마치고 돌아간 그 사람의 표정을 잊을 수가 없었다. 좌절감에 무슨 일을 저지를 것 같은 얼굴이었기 때문이다.

그리고 얼마 후 텔레비전 뉴스에서 그 사람을 다시 볼 수 있었다. 2006년에 치러진 지방선거에서 유세중인 한 여성 정치인에게 칼로 테러를 가했다는 것이다. 충격과 함께 그때 왜 진정으로 마음을 다독이며 이야기를 들어 주지 못했는지 때늦은 후회를 했던 기억이 있다.

좌절감과 외로움은 사람의 정신을 피폐하게 한다. 그 정신적 피폐는 개인, 사회, 국가, 세계를 가리지 않고 나타날 수 있다. 그리고 정신적 피폐는 때로는 자학으로, 때로는 가해로 표출된다. 가해로 표출된 피폐는 많은 무고한 희생자를 내기도 하고 때로는 역사의 물줄기를 부정적으로 바꾸기도 한다.

그렇다면 어떻게 정신적 피폐를 줄일 수 있을까. 연대, 공감, 공동체 회복을 위해 부단히 노력해야 하지 않을까. 평화는 노력 없이 오지 않는다.

희망 찾기 31

실패를 대하는 태도

유대인들의 지혜의 보고라고 평가받는 '탈무드'에는 유대인들의 영웅인 다윗에 대한 이야기가 많이 나온다. 그런데 흥미로운 것은 다윗의 성공과 영광에 대한 이야기 보다는 오히려 실패와 고난의 이야기가 자주 나온다.

예컨대 전쟁에 나갔던 다윗이 패하여 도망을 치다가 급기야는 적병들 사이에 있게 되었다. 그러자 다윗은 머리를 헝클고 옷을 남루하게 하여 미친 사람인 척한다. 적병들은 이러한 다윗이 왕이라고는 생각을 못하고 보내준다. 가까스로 목숨을 보전한 다윗이 다시 전쟁에 나갔다가 다시 크게 패하게 되어 이번에도 도망을 치게 된다. 이번에는 동굴을 발견하여 들어가 숨는다. 적병들이 동굴 앞을 지나가는데 마침 동굴 입구에 거미가 거미줄을 친 것을 보고 사람이 없는 줄 알고 그냥 지나간다. 다윗은 겨우 목숨을 보전하고 훗날을 도모하게 된다.

보통 위대한 영웅의 과거는 화려하게 미화되는 경우가 많은데 탈무드에서는 있는 그대로를 보여준다. 오히려 성공 이야기 보다는 실패와 고난을 겪으면서 이를 이겨내는 내용이 많다. 실패와 고난은 비록 당시에는 힘들더라도 뼛속 깊이 각인되어 이를 극복하고자 하는 강한 의지와 힘을 길러주고 결국 성공으로 이끈다는 점을 있는 그대로 보여주는 것이다.

어떤 사람도 항상 성공만 할 수는 없다.
성공한 사람이 성공에 이르기까지는
수많은 실패와 좌절이 있다.
다만 성공하는 사람과
실패하는 사람의 결정적 차이점은
실패와 고난을 대하는
태도가 다르다는 점이다.

실패하는 사람은 일이 잘 풀릴 때 자신의 노력만으로 그렇게 된 것인 양 기고만장하며 실패나 고난에 대비하지 않는다. 일이 제대로 풀리지 않을 때에는 타인이나 외부 요인 탓으로 돌리거나 운이 나빴다고 변명하기 바쁘다.

성공하는 사람은 일이 잘 풀릴 때

유리창을 통하여 밖을 내다보면서

자기 자신 이외의 요인에 찬사를 돌리고,

공을 돌릴 만한 특별한 사람이나

요인이 없을 때 행운의 덕이라고

표현을 하면서 겸손하게 자신을 낮춘다.

일이 제대로 풀리지 않을 때에는 거울에 자신을 비추

어보고 스스로에게 책임을 돌릴 뿐 결코 운이 나빴다는

변명을 하지 않는다.

실패나 고난 없이 성공에 이를 수 없음은 동서고금의 진리이다. 오늘 실패했다고 좌절할 일이 아니다. 실패는 늘 교훈을 담고 있다. 실패와 시행착오를 거듭할수록 성공은 더 가까이에 다가와 있는지도 모른다.

희망
찾기
32

어떤 경쟁을 해야 하나

바야흐로 무한경쟁 시대다. 그 경쟁의 틈바구니에서 살아남기 위해 모두들 열심히 살아가고 있다. 누군가를 제치고 조금이라도 앞서야만 경쟁에서 밀려나지 않을 것이라는 압박감은 우리가 열심히 살고 있음에도 늘 불안감에 떨게 만든다. 그러나 때로는 경쟁이라는 것이 그렇게 승부로 결정되는 것이 아닐 수 있다는 것을 숲을 보면서 깨닫게 된다.

생태계 내에서 살아가는 모든 생물들은
생존을 위해 먹이나 생활공간을 놓고
경쟁을 할 수밖에 없다. 그 경쟁에서
지는 종은 도태될 수밖에 없기 때문에
경쟁에서 이기기 위해
최선을 다하며 살아가고 있다.

우거진 숲도 예외는 아니다.

우리가 산에 오르다 보면 숲에서 흔히 볼 수 있는 나무가 소나무와 참나무(원래 참나무라는 나무는 없고 도토리가 열리는 나무를 모두 참나무라고 부른다)이다. 생태계는 다양한 종들로 구성되어 있고 생태계 중 하나인 삼림도 여러 종의 식물들이 모여 군집을 만든다. 강산이 변하듯이 시간이 흐름에 따라 이 군집의 구성과 특성이 변하게 마련이다. 여러 종간에 경쟁이 일어나면 군집 내의 여러 종들은 살아남기 위하여 경쟁에게 이길 수 있는 방법을 찾는다.

우리나라와 같은 기후에서는 소나무가 우세한 종이 되었다가 점차 참나무에 자리를 내주게 된다. 양지바른 곳에서는 매우 빠르게 잘 자라지만 음지에서는 잘 자라지 못하는 소나무보다 더디게 자라지만 음지에서도 잘 자라는 참나무가 점차 우세하게 되는 것이다. 이것이 음지에서 자라야하는 어려움을 이겨낸 참나무의 첫 번째 경쟁력이다.

참나무가 소나무를 밀어내는 또 한 가지 요인이 있다. 소나무는 피톤치드를 강하게 만들어 주변에 다른 생명체들이 자라지 못하도록 제약을 한다. 광합성으로 만들어 내는 양분의 양보다 호흡으로 소비하는 양분의 양이 많아지면 과감하게 자신의 가지를 잘라낸다. 주변에 적들의 접근을 막고 자신의 일부라도 비효율적인 부분을 잘라내는 방법으로 경쟁에 임한다.

반면에 참나무는 도토리를 만들어 다람쥐 같은 작은 동물들에게 먹이를 제공하는 방법을 쓴다. 곰이나 산돼지도 먹고 어치나 조류도 먹는다. 참나무는 동물들이 먹고도 남을 만큼 충분한 도토리를 떨어뜨려서 동물들이 먹지 않고 땅에 남아있는 것들이 발아하여 새로운 참나무로 커간다. 그렇게 참나무는 많이 주고 함께 살아남는 전략을 택했고 결과적으로 참나무도 동물들도 여럿이 어울려 살아가는 건강한 생태계를 지속할 수 있게 된 것이다.

우리는 경쟁에서 이기기 위해 누군가를 제치고 자신이 앞서가야만 이긴다고 생각한다. 그러나 곰곰이 생각해보자. 충분히 나눠주고 함께 성장하면서 이기는 참나무의 지혜를 배우는 것은 어떨까.

경쟁에서 이기고 지는 것을

개개인의 능력 탓으로 돌리며 이기기 위해

무엇이든 해야 하도록 부추기는 경쟁은

우리를 멍들게 한다.

그러나 함께 살아남는 경쟁이라면

우리 사회를 더욱 건강하고

활기차게 만들 수 있다.

희망
찾기
33

말과 사고를 허용하지 않는 악의 평범성

우리 사회에서 민주화 후퇴에 대한 경보가 울리는 빈도가 늘었다. 기존의 역사교육을 통째로 부정하며 역사전문가도 시민들의 뜻도 무시한 채 국정교과서를 밀어붙인다. 국정원 직원들은 지난 대통령 선거기간에 야당 후보를 비방하는 댓글을 조직적으로 작성한바 있고, 심지어 강남구청 공무원들이 인터넷 포털사이트에 서울시장 등 서울시를 일방적으로 비방하고 강남구청장을 '찬양'하는 댓글을 조직적으로 작성해온 정황이 포착됐다고 한다. 경찰은 신고된 집회 현장에 불법으로 차벽을 설치하고 시위대를 차단했으며 시민을 향해 물대포를 쏘아 기어코 넘어뜨리고 말았다.

품위를 손상한 검사는 해고할 수 있도록 명시하여 정권의 심기를 건드리는 방자한 검사를 내칠 수 있도록 검찰의 검사 직무능력 심사 강화를 추진하고자 한다는 소식도 들린다. 고용노동부 장관은 청와대와 여당 지도부가 노동개혁 법안 처리 등 주요 현안에 대해 논의한다는 소식이 전해진 직후 갑작스럽게 직접 국회 기자실을 찾아 기자회견을 하는 이례적인 상황을 연출하면서까지 노동개혁 5대입법 연내처리를 요구했다.

모든 정부기관들이 엄청난 권력을 행사하면서 서로 격렬한 충성 경쟁을 하고 있는 듯하다. 그들이 주문을 외우듯이 말하는 국민은 안중에 없고 그들의 야심은 항상 같은 것. 즉 가능한 한 많은 국민을 괴롭히는 데 있거나 청와대의 인정을 받는데 있는 것 같다. 하도 여러 분야에서 한꺼번에 몰아치는 바람에 어느 새 분노의 안테나가 무뎌지고 만다. 불현듯 '예루살렘의 아이히만'이라는 책의 한 구절이 생각난다.

"말과 사고를
허용하지 않는 악의 평범성
(banality of evil)"

익히 알려진 바대로 아돌프 아이히만은 제2차 세계대전 때 나치의 유대인 집단학살 정책 가담자로 1942년 나치 고위관리로서 유대인 학살에 대한 책임을 맡음으로써 사실상 '마지막 해결책'의 집행자였다. 그는 유대인을 식별하고 집결시켜 그들을 집단수용소로 보내 죽음으로 몰아넣었다. 아이히만은 독일 패망 이후 아르헨티나의 부에노스아이레스 외곽에 숨어 지내다가 1960년 5월 11일 이스라엘 비밀경찰에 의해 체포되었다. 아이히만은 1961년 4월 11일, 예루살렘 지방법원에서 독일인 변호사 세르바티우스 박사의 도움을 닫아 재판을 받고 사형에 처해졌다. '예루살렘의 아이히만'은 전체주의를 간파한 정치사상가 한나 아렌트가 예루살렘에 머물면서 그 재판에 대해 작성한 보고서이다.

유대인들은 아이히만의 악마성과 괴물성을 드러내주길 원했으나 아렌트는 아이히만이 얼마나 평범한 공무원이었는지에 대해 서술했다. 변호사는 재판동안 아이히만이 범죄를 저지른 것이 아니라 국가적 공식행위를 했을 뿐이라고 말한다. 복종을 하는 것이 그의 의무였고 이기면 훈장을 받고 패배하면 교수대에 처해질 행위들을 승진을 위해 열심히 했을 뿐이었다. 학살에 관여한 그들은 사무실의 일벌

레일 뿐이었고 이들에게는 모든 것이 "문장을 통해, 명령을 통해" 결정되었으며 "다른 것에는 아무런 관심도 없었다."

국정교과서를 만드는 교육부 직원도, 국정원 직원도, 구청 공무원도, 경찰도, 고용노동부장관도 모두 주어진 일을 열심히 한 것뿐이다. "무엇이 문제인가?" 라고 강변한다.

아렌트는 구체적인 아이히만의 성격 결함은 그에게 그 어느 것도 타인의 관점에서 바라볼 수 있는 능력이 없다는 점이라고 말한다.

아렌트가 주장한 것처럼 "우리 모두 안에 아이히만"이 존재하고 있는 것은 아닌지 두렵다. 우리의 오늘 대한민국에서 아이히만이 되기를 강요받는 사람들이 얼마나 많은지 아무 생각 없이 획일적으로 받아들이기를 강요하는 사회, 그래서 악조차 평범해지는 사회가 되지 않기를 바란다. 무뎌지는 안테나를 손봐야겠다.

아이히만의 재판과 사형의 과정에서 그가 인간의 연약함
속에서 이루어진 이 오랜 과정이 우리에게 가르쳐 준 교훈

"말과 사고를 허용하지 않는 악의 평범성"

희망 찾기 34

무성한 숲을 이루어낼,
희망을 간직한 알맹이 찾기

사람들은 부끄러운 것을 숨기거나 외면하고, 자랑스러운 것을 드러내려는 경향을 갖고 있다. 그래서 양심에 어긋난 짓이나 심지어 민족 반역 행위를 하고도 거리낌 없이 큰소리치며 살아가는 철면피들이 득세하는지도 모른다. 세계적 웃음거리를 자처하면서까지 역사 교과서를 국정화하려는 것도 자신들의 부끄러운 과거를 축소·왜곡하려는 세력의 시도 중 하나일 것이다. 물론 스스로 잘못을 드러내고 반성하여 새로운 희망을 만들어가는 용기 있는 사람들이 있기에 역사 발전의 희망을 갖게 하지만…….

우리 역사에서 소위 치부, 부끄러운 시기라 하여 들추지 않는 '외면당한 시대'가 있다. 특히 역사 교과서에서 짧게 언급하고 넘어가는 고려 말 원 간섭기가 그중 하나이다. 독재 정권 시기에 중·고교를 다녔던 나는 국정교과서로 공부해야 했다. 그때의 국사 교과서에 고려는 몽골의 9차에 걸친 침략에 수도를 강화도로 옮겨 꿋꿋하게 항전했으며, 처인성과 충주성 전투에서 승리하였음을 강조하여 배웠던 기억이 난다.

고려와 몽골의 화친으로 왕이 강화에서 개경으로 돌아간 후, 삼별초가 진도와 제주도로 근거지를 옮겨가며 저항하여 민족의 자주성을 드높였음을 역설하고, 충성 '충'자 왕들은 건너뛰었다. 이어 공민왕의 쌍성총관부 수복과 원 체제하에서 제후국으로 격하된 관제의 원상회복, 원 간섭 기구였던 정동행성과 몽골풍습 폐지, 권문세족 등 부원배 척결과 신돈이 이끈 전민변정도감 등 반원 자주화와 개혁 정책을 배웠다.

고려왕은 앞글자만 따서 "태혜정광 경성목현 덕정문순 인의명신 희강고원 '충' 공우창공"으로 외웠다. 따라서 '충'자 왕은 각각으로서는 어떤 의미도 갖지 못했다. 그런데 '충'으로 시작하는 충렬, 충선, 충숙, 충혜, 충목, 충정의 여섯 왕, 즉 원 간섭기 또는 원의 부마국이었던, 우리 역사의 부끄러운 시기가 한편으로는 고려왕조의 모순을 극복하고 새로운 시대로 이행하는 조선왕조 개창의 인적 자원과 사상적 바탕을 형성하는 계기이기도 했다.

원 세조 쿠빌라이의 외손인 충선왕이 생애 대부분을 대도(베이징)에서 생활하고, 그가 그곳에 세운 도서관인 '만권당'이 조선 왕조 개창의 사상적 기반인 성리학을 유입시키고, 개혁의 중심 세력인 정몽주, 정도전, 조준 등에 큰 영향을 끼친 이제현과 이색, 안향 등 유학자를 양성했다. 또한 이 과정에서 일신의 영달만을 꾀하며 부정부패를 일삼던 부원배들을 낱낱이 드러내어 걸러낼 수 있었다. 더불어 당시의 활발한 국제 문화 교류가 조선 초기의 과학 기술과 문화 융성에 한몫을 담당했다. 결국 위기에서도 절망하거나 좌절하지 않고 희망의 싹을 찾아 키워나가려는 노력이 위기를 기회로 전환시킴을 수많은 역사적 사례를 통해 알 수 있다.

며칠 전, 안철수의원의 탈당 회견으로 제1야당의 앞날에 먹구름이 가득하다는 얘기가 회자되고 있다. 총선이 얼마 남지 않은 시기의 적전 분열로 국회의원 정수의 2/3인 개헌선까지 내줄 정도로 야권이 참패를 당할 거라는 전망이

대세를 이루고 있다. 매우 타당한 지적일것이다. 이것이 현실화될 경우 수십 년 동안 피땀 흘려 노력하고 싸워 얻은 민주주의와 국민의 소중한 권리가 물거품이 될지도 모르는 위기 상황이다.

그러나 우리 역사에서 보았듯이 위기는 새로운 희망을 발견하고 키워나가는 기회이다. 위기는 알맹이와 껍데기를 가려내는 '키'이자 '체'의 역할을 해야한다. 위기의 과정을 통해 무리 속에 숨어 있던 정치인들 하나하나의 선택과 행동이 우리들 눈에 쉽게 드러난다. 따라서 조금만 주의 깊게 살펴보면 누가 진정으로 국민을 위해 노력하는 정치인인지, 누가 자신의 영달만 꾀하는 정치꾼인지, 누가 이권만을 좇아 헤매는 정치 장사꾼인지, 누가 입으로만 국민을 말하는 인기 영합꾼인지 쉽게 가려낼 수 있다.

민주주의를 이루어낸 자랑스러운 우리 현대사에서, 역사의 흐름을 거스르고 되돌리려는 거센 파도가 닥쳐올 때마다 우리 호남은 항상 그것을 돌파하고 막아내는 선장이자 방파제였다. 이순신 장군께서 약무호남 시무국가(若無湖南 是無國家 ; 호남이 없었다면 나라가 망했을 것이다.)라고 말씀하셨듯이, 우리들 하나하나의 선택이 현재 우리가 처한 현재의 위기를 극복하는 방향타가 되리라 믿는다. 지금 우리에게는 쭉정이를 걸러내고 무성한 숲을 이루어낼 희망을 간직한 알맹이를 찾아내는 밝고 맑은 눈이 필요한 때이다.

정읍 산외의 시골마을에서 태어나 전주에서 학창시절을 보내

산과 들, 그리고 강이 어우러져 아름답고 풍요로우며, 예로부터 의병장과 독립운동가 등 구국의 위인들이 많이 난 곳, 그 곳 정읍 산외가 제 고향입니다. 초등학교 4학년 때 전주로 이사하였고, 이후 화산초등학교와 해성중학교 그리고 상산고등학교를 졸업했지요. 제 인생에서 가장 중요한 시기를 전주에서 보냈습니다.

엄한 아버지와 따뜻한 어머니, 그리고 아버지의 꿈

아버지께서는 52세에 돌아가실 때까지 도청에서 기능직 공무원으로 근무하셨습니다. 그러나 급여 수준이 빤하니, 가정 경제를 채워나가는 일은 어머니 몫이었습니다. 어려운 생활 속에서도 어머니께서는 항상 온화함과 타인에 대한 배려를 잊지 않으셨죠.

아버지의 기대와 교육열은 배겨내기 어려울 정도로 커서 성적이 기대에 못 미치면 가차 없이 매를 들었지요. 돌이켜 보면 아버지께 매를 참 많이 맞았습니다. 어머니의 따뜻한 보살핌이 없었다면 제 인생은 지금과 달랐을 수도 있었을 것입니다.

아버지는 항상 제게 '정의로운 법조인'이 되라고 하셨습니다. 아마 개인의 능력만으로는 아무 것도 할 수 없던 당시 세태를 바로잡는데 일조하기를 바라셨던 것 같습니다.

대학 생활, 민주화 운동, 그리고 아버지의 타계

교육열은 높았지만 가정 형편은 남매들이 사립대학에 다닐 정도가 못되었습니다. 입학 등록금만 지원해 주면 모든 비용은 스스로 벌겠다는 조건으로 서울에 갔습니다. 그리고 1986년 고려대학교 영문학과에 입학했지요.

당시는 전두환정권의 군부 독재 연장 음모에 대한 분노로 민주화 열망이 분출될 때였습니다. 입학하자마자 영문과 학년 대표가 된 뒤, 수업 거부를 시작으로 민주화 투쟁 전선에 나섰습니다. 1987년 '6 · 29 선언'이 나오기까지 세 학기 동안 공부는 뒷전일 수밖에 없었지요.

이후에도 책상 앞에서 공부하는 생활로 돌아가지 못했습니다. 당시의 시대정신은 추상적 민주화를 넘어 사회의 근본적 모순을 변화시켜야 한다는 것이었고, 그에 공감한 저는 노동자들과 함께하기 위해 노동(생활)야학에서 생활했습니다. 낮에는 대학, 밤에는 야학이라는 힘든 생활이었지요.

장남인 저의 이런 모습을 견디지 못한 아버지께서는

1989년 5월 홀연히 이승을 떠나셨습니다. 하늘이 무너지는 슬픔이었습니다. 아버지의 벅찬 기대가 질곡이었지만 또한 커다란 자양분이었음을 가슴 깊이 인식하게 되었습니다.

가장으로서의 책임과 생활 전선, 그리고 꿈을 향한 여정

아버지의 갑작스런 타계는 제 인생의 행로를 순식간에 바꾸었습니다. 하던 일을 정리하고 대학을 휴학했습니다. 실질적 가장이 된 저는 가족의 생활 안정을 위해 어머니와 함께 전주 인근에 '초원의 집'이라는 상호로 식당을 냈지요. 처음엔 눈앞이 깜깜하고 힘들었지만 도와주는 사람들이 많아 차츰 경제적으로, 정신적으로 안정을 되찾을 수 있었습니다.

제 인생의 두 번째 전환점은 1995년 결혼과 함께입니다. 아내는 교사로서 열심히 학생들을 가르치고 있었습니다. 아내는 대학을 졸업하고 아직 명확한 진로를 찾지 못하며 방황하던 제게 삶의 방향을 제시하여 주었습니다.

"아버지에 대한 죄송함이 있다면 아버지의 뜻을 헤아려 앞날을 정하는 것이 좋겠다"는 충고였습니다. 이듬해부터 아버지의 못다 이룬 꿈을 이루리라 다짐했습니다. 그리고 지난한 공부의 여정을 시작했습니다.

변호사 그리고 사회 활동

법률가가 되기로 마음먹은 또 하나의 계기는 야학활동 시절 유난히 따랐던 한 노동자와의 만남이 있습니다. 그는 어려운 처지에 처한 힘없는 사람들에게 버팀목이 되어주는, '인권변호사'가 되기를 간절하게 호소하였지요.

저와 아내 그리고 공부기간 중 태어난 아이의 지난한 노력과 기다림 끝에 제45회 사법시험에 합격했습니다. 7년만이었지요. 사법연수원에서는 그 노동자의 바람처럼 인권변호사가 되기 위해 노동법학회에 가입하고 노동법을 전공했습니다.

연수원 수료 후 뜻을 같이 하는 동료들과 변호사 사무실을 열었습니다. 이름은 열정과 실력을 고객에게 '드린다'는 뜻에서 '드림'이라 하였지요. 자신을 낮춘 서비스 정신을 잊지 않기 위한 것이었습니다. 10년이 지난 현재 법무법인 드림은 변호사 13명, 사무직원 8명인 대가족으로 성장하였습니다.

한편, 아버지의 소망이었던 '정의로운 법조인'이 되고자 천주교인권위원회에서 운영위원, 한국투명성기구 정책위원, 산외면 마을변호사 그리고 여러 시민단체의 자문변호사로 활동하고 있기도 합니다.

전주에서의 활발한 활동

2014년 10월 전주상산고등학교의 총동창회장이 되었습니다. 1만 5,000여 졸업생 대표로서 동문 화합과 모교 발전을 위해 애쓰고 있습니다.

그리고 전주연탄은행 법률고문, 그린나래 봉사단 단원으로서 소외된 이웃들에게 땀으로 봉사하는 활동을 하고 있습니다.

또한, 나라사랑 전주여성합창단 자문위원, 사단법인 대한미용사회 전주효자지부 고문변호사, 전주고등학교, 전주효림초등학교 고문변호사 등의 활동을 통하여 제가 가진 능력을 이웃과 나누고 있습니다.